（美）龙安志◎著

一次穿越西藏西部的沉思之旅

香巴拉之路

Shambhala

孟黎莎 译 孙 晶 校译

新世界出版社
NEW WORLD PRESS

新疆
克什米尔
西藏
阿里地区
古格王国遗址
冈仁波齐神山
天葬台
格明的吉普车
藏尸洞
魔鬼湖
圣湖
毒药湖
土林峡谷
喜马拉雅山
托什伦布寺
雅鲁藏布江
尼泊尔
Kathmandu
North
West
East
South
印度

青海
游牧区
牦牛
香巴拉经文说跟着
最明确的方向走!
拉萨
仁增德吉的茶馆
度母庙
八角街
药王山
大昭寺
拉扎的古董店
八角街
贝鲁钦哲仁波切的家
丹
Thimpu
缅甸

献给我的儿子龙小麟

他在父亲一次次寻找香格里拉的旅行中长大，

虽然我们聚少离多，但他知道我在西藏寻找香巴拉。

作者正在西藏阿里地区过一座小桥

普兰至今依然保留着传统的生活方式

古格王国遗址。远处山上分布着密密麻麻的石洞，那是当时人们的居所

日喀则扎什伦布寺内的壁画

西藏拉萨药王山佛像石刻

消失的古格王国废墟中的壁画

卓玛拉康度母寺庙内的未来佛。在这个寺中主要供奉着21度母

在去阿里的路上

作者在海拔5000米高的普兰

藏西阿里的沙漠

藏西地区的牧民朝圣者

藏西阿里的玛尼堆和牦牛头骨

作者在藏西阿里圣湖前打坐冥想

目录

赴

归

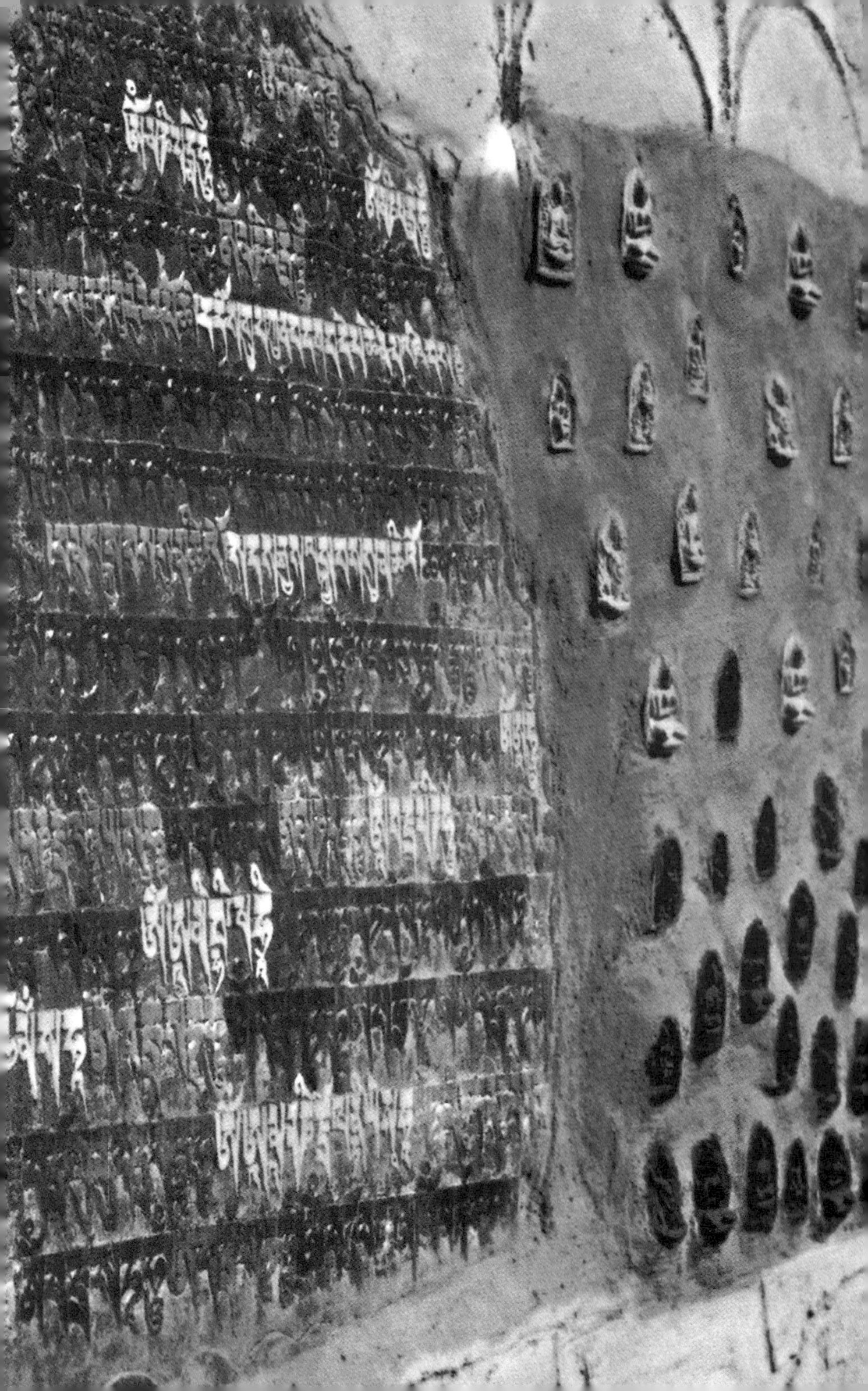

邂逅而又擦肩而过的爱人，是那肌肤芬芳的女孩儿。

恰似信手拈来光润的绿松石，旋即弃之而不顾。

假如我回应女孩儿的感情，此生与宗教之缘就此了结。

假如我浪迹孤山野岭，此与女孩儿的愿望相悖。

——六世达赖喇嘛仓央·嘉措之情歌

“冥想的人有一种观点，周游世界的人有另一种观点。观点很多，哪一个是对的？周游世界寻找香巴拉的人找不到香巴拉，但那并非意味着香巴拉无法找到。”

——《香巴拉经文》

六世班禅罗桑・巴丹・益西

赴

我以前来过这儿，我清楚地记得。我试图记住，只是不能肯定。我再次试图记住。

那是我四岁时做的一个梦：我冒险进入一个峡谷，峡谷延伸进入沙漠，时间不复存在，空间漫无边界。

方向失去了意义。这个空间无限地伸展开去，进入永恒。群峰四起，在地平线上化作尘埃。方向感荡然无存，也无需存在。渐渐恢复的意识，在我心灵深处低吟——别无它路，唯有穿越沙漠。无法返回到来时的路上，我哭着醒来。

我十几岁时又做了这个梦，梦见我进入一个无度王国，那条峡谷又出现了。这回峡谷更窄更深，但却很快延伸进沙漠。我找不到穿越沙漠的路。前方的群峰气势汹汹，向我发威，我几乎是在体验梦魇。我猜想，要抵达那片山峰，就必须要穿越这片沙漠。我确信这沙漠是不可穿越的。如果穿越不了，这地方就一定是个错觉。担忧变成了恐惧，天地顿时一片漆黑。这是在警告我立即离开。这一次，我没有哭，而是立即折回。不久，我便醒了，发现自己躺在康涅狄格州家中昏黑的卧室里。窗外的草坪沐浴在一轮明月下，秋叶散落在地上。

第三次做这个梦时，我正读大学。那条峡谷再次出现，这次是漂浮在一片雾海中。在凸出的亚硫酸盐岩石裂缝处生长着茂密的植物。刚下过雨，雨水洗去尘埃，大地万物复苏。雷声在某处回响，渐渐地销声匿迹。风吹过来，掀动着我的衣襟。尘埃四起，又纷纷落定。高原断裂，形成了峡谷。雨水冻结，演变成雪。寒风呼啸，夹杂着冰雪，飞向四面八方。顷刻之间，沙漠被厚厚的积雪所覆盖。悬崖峭壁俯瞰着白雪皑皑的沙漠，上面也盖上了厚厚的积雪。很快，所有这一切开始缓缓漂流。

我明白要封路了，于是迅速离开。只有一条离开的路，一条狭窄的石子路。这不难辨别，因为只有那条路是光秃秃的。入口即是出路，别无他选。我深知，如果不快点儿离开，就会被雪封住。因为害怕，我离开了这个地方。醒来发现自己躺在学生宿舍里。窗外，校园的草坪上到处散落着空啤酒罐。草坪沐浴在蓝色的秋月里，泛着露珠的光泽。此时，已是清晨。我深深地吸了几口气才彻底醒来。

最后一次做这个梦时，我正在做律师，为香港一家知名的国际律师事务所工作。职业生涯的兴奋变成了难以摆脱的压力。除了在普吉岛度假之外，好像就没有任何出口。即使度假，照样遇上想躲避的客户。律师事务所内合伙人之间的明争暗斗让联合国都相形见绌。我更频繁地乘坐飞机，而不是公交车。我不再有时间喂养自己的狗。

几乎每晚我都要出席鸡尾酒会，进行应酬。每天我都通宵达旦地工作，为客户拟订合同书，以便能挤出点儿时间去健身中心锻炼，然后再回到办公室。我通常都是在办公室过夜。渐渐地我开始失去锻炼的时间，整夜地在电脑

前起草文件，直到凌晨时分趴在案头睡去。就在这样的一个夜晚，我旧梦重现，再次见到了峡谷、沙漠和群峰。

这回，峡谷发出地狱般的怒吼。我跌进沙漠，落在一座沙丘上。大风刮起，我被沙子蒙盖。我擦了擦眼睛，向周围望去，沙漠向四周延伸，满目动物尸骨。骨架上挂着小撮皮毛，粘着风干的血肉，显然是黑乌鸦美餐后的残渣。看上去像是成年牛的颅骨被摞在岩石上。乌鸦撕扯着颅骨上的肉。太阳分明是一只柑橘，天空湛蓝，色泽鲜艳如同绿松石。此刻，沙漠延伸进一片片水洼、湖泊，但其水质含碱度太浓，有毒，因此不能穿越。沙漠远处是群山。山也不能翻越，因为山口已被冰雪封死。群山的那边又是沙漠。在那片沙漠上会有什么，我不得而知。只是这次梦醒前，有一件事是确定的，那就是我必须去一趟。

经文

“如果你想去香巴拉，就要经历无数险境。妖魔将会拦路堵截，途中你会遭受伤害……许多人企图成为绊脚石……如果无数遍地诵经，凭借意志力，你会战胜这一切。”

——《香巴拉经文》

扎什伦布寺坐落在西藏中西部城市日喀则。在这里，风吹过漫长曲折铺满石头的廊道，在午后的灼热中留下丝丝凉爽。在西藏中西部，一天中的这个时候，人很容易感觉兴奋。金色的光线变成了剃须刀，在喜玛拉雅高原上划过。随着傍晚日渐西沉，剃须刀越发锋利。

这是一天中躲避烈日的最好时间。在厚厚土墙间的阴凉处，一名喇嘛进入了长廊。风掀动着他的长袍，他裹紧了身上的袍子抵御寒气。长廊很暗，通往阴凉的地方。那里墙面上码满了黑色木质印刷版，让人眼前一亮。这些印刷版码放得非常紧凑，就连老鼠也很难出入这木版迷宫。

这些木质印刷版是用来印刷经文（西藏经书）的。经文内容要比祷文丰富得多，既讲述过去也预示未来。经文对修行者提供指导。如果你在字里行间细细品味，便会得到暗示，比如下一步该去哪里。

经文都是手工印制，这不是因为藏人没有数字化的排版印刷系统，也不是因为跨国软件公司还没有渗入西藏高原。相信我，这些东西比比皆是。喇嘛边诵经祈福边印制经文，此非数字排版印刷系统所能。有些东西，先进技术就是无法与之扯上干系。

两名新来的小喇嘛正在除尘并重新整理印刷版。这是一种书库。这里可没有信息网络存储器，只有用木头和牦

牛皮制成的盒子，但却十分牢固，不怕酷暑和严寒。每个盒子内都装有一部经文。

一只黑色的牦牛皮盒子被从架上取下，轻轻地放在桌上。一部古老的经文（此类经文中唯一保留下来的一部）被包裹好，放回盒子。只有在照拂婴儿时，人们才会如此轻柔入微。这部经文，世上独一无二，没有复制品，只有原文。它叫“香巴拉经文”。

六世班禅罗桑·巴丹·益西撰写了《香巴拉经文》。扎什伦布寺一直都是班禅的驻锡地。班禅的主殿就在这里。殿内保存着最后一部珍贵的古代《香巴拉经文》，轻易不会

示人。

该经文至少写到了三个层次。

第一层次，可以将经文理解为旅行指南，指引人们踏上寻找香巴拉神秘王国的征程。这个王国在西方文学作品中有时被称作“香格里拉”。所以，第一次看到此经文时，会把它当做向导图，指引人们踏上西藏版的奥德赛之旅——漫长而充满艰难险阻的旅程。

《香巴拉经文》描写的地方有“毒药湖”、“鬼怪湖”以及“百座天黑后会发光的山”（一种喜玛拉雅山北极光的自

然现象）。这些山水在阿里都存在。阿里在西藏最西边，一个遥不可及的地区。沿着《香巴拉经文》向导图，肯定可以到达这些地方。在此次行程中，我就找到了这些地方，它们确实存在。但是，问题还是没有答案——经文真能带人进入香巴拉王国吗?

第二层次，也许经文根本不像它字面所表现的那样，是一本旅行指南。另一种解释是，它是一幅意识向导图，为每个个体的心路历程指引方向。在这一层次上，对《香巴拉经文》的理解变得更加复杂。它教导每个人如何遏制消极能量，并将其转化为积极能量。但是，我们能做到吗?

还有第三个理解层次，认为《香巴拉经文》是有关未来事件的神谕，是一种诺查丹玛斯式的预言。对此许多人可能不屑一提。然而，也许在我们不知不觉之中，有些事件已经发生了。

经文预言了卡里时代（又称毁灭时代），宣告一个国家，特指在西方的一个国家，奉行宗教、政治上的不容忍意识形态，企图将世界统一成一个帝国，设法将自己的价值观和信仰强加于其他的国家和人民，而对自己辖区内人们因贪婪而相互残杀的事实熟视无睹。控制资源，牺牲他人利益，以维持自己的骄奢淫逸是该帝国扩张的根本前提。破坏环境成为这一进程的组成部分。

弱势民族的呼声无人理会，于是，他们用游击战术予以反击，以暴力手段应对该帝国的扩张。在全球范围内，帝国的宗教价值观和政治意识形态被强加于弱势民族头上，而后者则采用难以想象的方式对抗其强大攻势。他们回归洞穴，打通山脉，建立地道网络。正当的办法已经用尽，于是，他们转而付诸于极端手段。经文特别预见了恐怖活动的兴起。一些对经文的学术性诠释指出，引发卡里时代的导火索将出现在中亚地区，就是今天的阿富汗。

消极行为滋生消极反应，进而引发战争和苦难，周而复始，无可逆转。对物质主义所具有的强大驱动力的崇尚，支撑着一个极其先进的经济体系。在这一体系中，人类的无知、短见、贪婪得以泛滥，暗流涌动，循环不止。在这一暗流推动下，充斥着战争、恐怖、瘟疫的卡里时代来临了。

只有当新的世界秩序建立起来时，这种恶性循环才能终结。新世界秩序的建立需要彻底打破旧世界秩序赖以支撑的思想构架。经文预见，人们共同努力，以积极的意向战胜消极的力量，开创一个和平、生态平衡、人人有尊严的未来。这个未来就是香巴拉。

《香巴拉经文》描述了通往“域外之域”的途径。该地似乎不可抵达，但实际上是可以到达的。经文给出了如何到达那里的建议。在《香巴拉经文》中，写在过去的预言关乎着未来。《香巴拉经文》之所以有这样的预见力，是因为它是某种神谕，是无价之宝。

《香巴拉经文》在网络上是无法搜索到的，所以不必在那上面费心。它在世上仅存一部，为纸质经文，保存在扎什伦布寺的经文库中。经文在这里，非常安全。

喇嘛精心地用一块橘黄色布料包裹好古老的经文，把它塞回一只浸透了油的黑色牦牛皮盒子中，接着将盒子小心地摆在一个木桌上。桌子浸润在蓝色的酥油灯光中。喇嘛进了隔壁的殿堂，酥油灯的火苗随僧袍的摆动闪烁着。

两名学徒紧随其后。他们非常仔细地学习、研究着喇嘛的每一个动作。三人一道离去，在廊道深处找了个地方，休息一会儿，喝几口酥油茶。但是，返回时他们都惊呆了，没想到的事发生了——黑盒子不见了。

方向

“又是那张女魔画，向她供奉多种兽肉。她会出现。叫她带路。”

——《香巴拉经文》

《香巴拉经文》的事要从拉萨讲起。时钟按照北京时间定时，而当地人却依然望日计时。已是上午 9 点 30 分，但在拉萨老城，粉刷过的土坯墙下狭窄的小巷才刚刚苏醒。

对许多藏族人来说，早晨是以绕行大昭寺或者布达拉宫开始的。他们以慈悲的感觉转动手摇式经轮。他们记得自己为何要醒来。

海拔 3600 米，呼吸急促，有点儿困难。刚到拉萨时，人会感觉一切都似乎是以慢动作开始的。缓行慢做变得重要，实际上是必要。这意味着利用好周围空间，三思而后行。

我想了一会儿，喘了口气。这样缓行慢做，对我来说还是第一次。头天晚上抵达拉萨，因为海拔高，还是觉得气喘。来到一个正规的卖藏式早餐面包的小摊儿前，我问："多少钱一个？"

"五毛。"女摊主笑答。我从衣兜抽出五张一角的纸币，三个小孩儿冲上来，拽着我的衣袖，伸出手，向我讨要。我把五毛钱递给了女摊主。她笑着，探身过来，给了乞讨的孩子每人一张一角的纸币。"现在走开，别缠着这个外国人。"孩子们咯咯地笑着跑开，她也大声笑起来。

我诧异，她用藏式面包换了我的五毛钱，可又将这五毛钱几乎都给了乞讨的孩子，手上只剩下两毛钱，这分明是赔本做买卖嘛。这种无私施舍的简单举动并不多见。我

在想，这种情形要是发生在北京、上海或广州该会是什么样呢？这几个地方的人们通常都是想尽一切办法从外国人身上骗取五毛钱的。在那些城市，人们可能会因为一分钱都不想出而打起来，更别说赔本向乞讨的孩子施舍了。来自北京和香港的我，在这两个地方都居住过，从事律师的职业。突然了解到藏民的观念，让我想起我对整个中国的认识，也撼动了我对中国的全部看法。

和每个刚到拉萨的来访者一样，我先去看了布达拉宫，接着看了夏宫罗布林卡。之后，去逛八角街。那里有大昭寺，被朝圣者环绕、朝拜。大昭寺可能是西藏最神圣的地方。八角街上到处是游客，搜罗古玩，作为礼品带回家。无意之中，我逛进了一家小店。

一名康巴女子招呼我进去，她叫拉扎。“我们有唐卡、佛像，什么都有。你想要什么？”她热情地脱口而出。

“旧货……有没有古董？”

“所有东西都是古董。”她向我打着保票。“你不知道吗？古董是一种风格。”

我开始怀疑。“不，我在找真正的古董。知道吗？那种特别古老的东西。”

“古老？”

“是的，我在找特别老的东西。”

“特别老？”她坐在自己店铺里面的一块大藏毯上，一副迷惑不解的样子。“如果觉得还不够老，我们可以再做旧。”

她沉思着招呼我坐在她身边。“多老才算老？”

“我指的是真正的古董，不是今天做出来的，甚至也不是昨天做出来的。”

她大笑，“如今真正古老的东西可真不多见。”她耸耸肩。

“可是我有，当然，都是真货。你说想要一个真的，还要真正老的？那种东西可不好找，但也没那么难，因为我的一个朋友从另一个朋友那里拿到了一样东西。他叫我放在店里，谁想要就卖给谁。但大多数人都不想买。”

“为什么？”

“因为他们不知道那到底是什么东西。”

“是什么？”我更好奇了，问道。

“我不知道，但如果你想看，我可以拿给你看看。”

接着，她掸了掸架子上的灰，向前挪动了几个石佛雕像，从后面端出一个沉重的细长木匣。木匣上紧裹着发黑的牦牛皮。为牢固起见，牦牛皮被铁针钉在木匣上。显然，木匣一直藏在那些做旧的新石佛像后面。

“这是什么？”

“这可是很古老的。”

“看得出来，但它是什么东西？”

“这是朋友的朋友的东西。他……”

“我知道，你已经告诉我了。但它出自哪里？到底是什么东西？”

“出自日喀则。”

“出自哪里？”

“日喀则。”她声音放低，“来自扎什伦布寺。”

“扎什……什么？这地方在哪儿？”

“那是另一个城市，离拉萨有一天的车程。日喀则是圣座班禅喇嘛的圣城。班禅喇嘛的寺院叫扎什伦布寺，也叫无量光佛殿。”

“什么殿？”

“无量光佛。”

“那么说，这东西就来自班禅喇嘛的宫殿，是吗？你是这个意思吧？”

“对！”她谨慎地说。

“你是怎么搞到的？”

“一个朋友的朋友……”

“好了，我知道了。那么他拿给你是要卖，对吗？”

“这可是真正古老的东西。”

“是的，看得出它真的很古老。”

“它可是我铺子里最好的东西了。如果你要，它就是你的了。”

“多少钱？”

“你愿意出多少？”

我看了看那匣子。“问题不是我愿意出多少钱。”我试图跟老板娘辩解。“问题是我买还是不买。我还是不知道这到底是什么东西。”

她探过身去，打开了匣子。两只手的指头上戴满了绿松石和银首饰。褪了色的绿松石，透着淡雅。在这淡雅之中，她打开了那只老匣子，里面散发出牦牛油的芬芳。

芬芳中只见橘黄色包布紧裹着一摞纸，纸张薄脆、发黄、褪了色。“这些是什么？”我惊呆了。

“我的朋友说，他的朋友告诉他，这是《香巴拉经文》。”

“香……什么？”

“《香巴拉经文》，你愿意出多少钱？”

我们讨价还价，花了一会儿时间。不知为什么，她让我相信我必须买下《香巴拉经文》。这是真正的古董，我可以从匣子的气味判断出这一点。反过来，我试图让她相信，我是一个穷困的旅行者，付不起她要的价钱。她不相信我没钱。

“买东西不是买或卖的问题。”身后传来了低低的讲话声。我转过身，惊讶地发现一名年轻女子走进店铺。“我戒指上的绿松石掉出来了。”她叫拉扎过来看。“你能帮我安上吗？”语气好像跟拉扎挺熟。话音过后，这女子才正眼瞧了瞧坐在毯子上的我，见我手拿经文，她微弯着腰，像是又想起了什么，不吐不快，“这不是一个经济问题，也不是一个买不起或买得起的问题，而是这东西是否属于你，是否会为你解决所有的问题。是你将把它带往哪里，或者它将把你带往哪里的问题。”

“你是谁？”我问。

"我在隔壁开了一家茶馆，在那边用黄石头砌成的老楼楼上。"她伸出手，朝着那个方向，懒洋洋地冲上指了指，掉了一块绿松石的戒指里探出一只纤细的手指。"拉扎，能找人给修修这只戒指吗？"她半开玩笑地央求着古玩店的老板。

接下来她在我身边的地毯上坐下，又伸出那只手指，指尖在装经书的黑匣子边框上抚过，"如果某样东西不属于你，就算价格合理，也别买。如果某样东西不请自来，那毫无疑问，它是你的。如果你买下它，它也不会属于你，但是天缘凑巧，它可以带你去你想去的地方，而不会让你误入歧途。但凡误入，可就难以自拔。这并不是一个供求问题，而是对能量的自然拥有和自然释放。这种巧合在你看来可能不合逻辑。然而，在藏传佛教里，我们相信任何一件事的发生都是有缘由的。"

"你到底是谁？难道是为某非政府组织工作的经济学家？"

她叹了口气，盘腿坐下，两肘放在膝盖上，牛仔裤管已经穿破成穗，如同被猫挠过一般。"其实，我就是一个牧民，连高中都没念完。我从没有耐心去学习。"

"你高中都没念完？那你从哪里学到的这些经济观点？你听上去就像是来自布鲁金斯学会，或者是CNN的某位谈话节目主持人。"

"那一定是因为我的牧民背景。我们喜欢走动，从一个地方到另一个地方。我敢打赌无论是‘探索频道’还是《国家地理》杂志都没有给你们说过这一点。你知道吗？我们牧民从天气变幻中感悟，我们天生就懂得如何躲避风暴。”

我听了半天也没听出名堂，便站起身来。付钱买那匣子的时候，我听到她把戒指扔在柜台上，叮当一声。“拉扎，你能给我修修吗？”她的声音在我身后响起。我离开了拉扎的店铺，没有回头，继续逛八角街，寻找古董。她跟了上来。

“好吧！”我问，“你叫什么？”

“仁增德吉。”

“仁增－德－什么？”

“仁增德吉，‘仁增’是珍宝的意思，‘德吉’意指到达新高。佛教里有很多珍宝。如果随身携带一个，许个愿，也许它会带你到达新的高度。”

我们一个摊儿一个摊儿地逛。她像是突然又想起了什么。“顺便说一下，你腋下那本经文，就是你刚买的那本，是真货。我的意思是说，它是真正的古董。”

“有多古老？”

“我不知道，拉扎告诉你它是从哪里来的了吗？”

“她说来自班禅喇嘛的寺院，我想她说的是扎什伦布寺。她坚持说这是《香巴拉经文》。我没办法知道这到底是什么。”

“你想知道吗？”

“那当然，但怎么才能搞清楚？”

“在大昭寺有一位著名的喇嘛，叫尼玛次仁。他懂这些。如果你愿意，我可以带你去见他。”

“那好。”

仁增德吉带着我朝大昭寺门口走去，那里有朝圣的人群伏地叩拜。阳光在她黝黑的皮肤上掠过。她身穿一件印度蜡染衬衫，背后已经破了。浑身上下到处都晃动着粗大的银首饰和绿松石。一绺儿头发挑染成黄色，垂在她脸上。另一绺儿按传统方式编成细小的藏式发辫，这是牧民喜爱的发式。辫梢上扎着一个微型骨雕。若不是午后的阳光照在上面，我可能根本注意不到它。那骨雕是一只伸开的手掌，手心上有一只眼睛。

突然，我感到有人抓我的手腕。我吓了一跳，不知所措。原来是一名穿黄色衬衫的男子，在用他的额头顶我的手腕。我僵住了，不知该如何是好。恍然间，我以为他想从我身上拿走什么东西，也许是想算计我的口袋。我伸手摸了摸口袋，钱包还在里面。我完全想错了。他没掏我的口袋，只是继续用额头愈加用力地顶我的手腕。我不知道该怎么办，也不知道他为什么要那么做。我环顾四周，很快转向仁增德吉，“他干吗这样？”

“他这样是因为你拿着那本经文。”

我们走向大昭寺入口处，她边用几乎听不见的声音背诵着什么，边在纤细的手指间拨动着珠子。

我注意到一串象牙佛念珠戴在她那细细的手腕上。在拉萨午后的阳光下，她那滑润的肌肤几乎泛着金子般的光泽，而象牙的纯白与那肌肤形成了鲜明的对比。我问起了白色念珠的来历。

仁增德吉解释说，“这是一位浪迹天涯的流浪客送的。他能够预见未来，因为过去的记忆总是挥之不去。他送给我象牙念珠作礼物，因为白色是纯洁的颜色。他离去前，要求我在这个被腐败和贪婪污染的世界中保持纯洁。最后，他还指导我背诵白度母的经文。”

“白……什么……？”

“白度母是手心、脚心和额头都有眼睛的菩萨。她能够看见所有的苦难，并献身于拯救旅途中的人们。自从那位流浪客离开那天起，我就开始背诵白度母经文，从未停止过。”

我听着这个故事，但并不是很明白。实际上，它压根儿就说不通。“菩萨是什么？”我问。

“那些选择隐退的人。”

“选择？他们还可以选择？”

“我们总是可以选择。”

“那么这些菩萨是做什么的？”

“他们引导人们走正道。”

喇嘛

“隐居的喇嘛将迎接你并带你去香巴拉。但是，如果你的修行未达此层次，就不会有人带你去香巴拉，你只有继续自己的征程。”

——《香巴拉经文》

在大昭寺门口，仁增德吉离开了。我不知道她的去向。也许是回到了人群之中。我打算找她，但人群挡住了视线。在大昭寺门口叩拜的人太多了。还有一些人坐在石板地面上大红色的柱子下，把种子和玻璃水晶混在一起，摆成银色的环形。石板地面被叩拜的人磨得光亮平滑。

我正想弄明白他们在干什么，一个喇嘛从寺内走出，问我需不需要帮什么忙。他一定是感觉到了我的困惑。我解释说，是一位姑娘带我来大昭寺找一位名僧的。

那喇嘛只是指着我腋下那黑匣子问，“你拿的经文是哪来的？”

“我在八角街一家古董店里买的。卖主说是《香巴拉经文》。谁知道是真是假。我想搞清楚，所以来找一个叫尼玛次仁的喇嘛。”

“我就是尼玛次仁。”他身穿藏红色袍子，嗖地一下，袍襟甩过肩头。他领我进了大昭寺，穿行在门廊之间，通过了几道涂满酥油的大门。到了里面，我们在牦牛毛编织的打坐垫上坐下，昏暗中酥油灯光摇曳不定。他打开黑色牦牛皮匣子，取出橘黄色包布紧裹着的经文。我突然意识到，西藏生活的方方面面都这样或那样地与牦牛有关。

怀着敬仰，尼玛次仁用额头轻触经文，然后揭开橘黄色的包布，开始用手指触摸因年久而变薄发黄的经文页面。

“是真的。”他说道，“这是《香巴拉经文》，是圣者六世班禅许多年前所著的。”

“但《香巴拉经文》是什么？”

“是一本赴香巴拉的指南。如果你想去那儿，经文可以指引道路。问题是，你是否愿意遵从。”

我越发好奇。“你能解释一下吗？按照这本经文，我怎么才能真正到达香巴拉？”

“如果你真想遵循该经文的指引，我建议你首先找一位仁波切‘活佛’，这样一位学识渊博的藏族精神领袖会懂得该怎么做。只有在他的指导下，你才能正确地使用此经文，找到通往香巴拉的正确道路。”

“抱歉，但是你能否给我解释一下香巴拉是什么？”

“香巴拉就是我们意识中纯洁、理想的境界。”他笑了笑，半叹息地低声说，“它是一种回归，回归到和平、幸福的世界。这就是我们所讲的真正意义上的香巴拉。”

“你是说香巴拉不是某个具体的地方，就像香格里拉？”

“它真的没有我们想象的那么复杂。”他解释道。“想一想，人类以及一切有感知的生命形式所追求的只有两样东西——首先是生存，然后是幸福。你有没有想过，我们是怎么失去这两样东西的——先失去我们的幸福，接着失去我们生存的能力。也许我们正在退化，即将自我灭绝。”

我想到了全球变暖，想到了中东战争，想到中东之外似乎也是遍地战火，就好像整个世界在跟自己作战。“是的，

也许我们是在退化，即将自我灭绝。”我大声说。

“环境的循环、宇宙的秩序会带来自然的结果。一旦打破秩序，结果就不自然了。”尼玛次仁解释道，“我们的自然世界拥有一个内在的预警机制，可我们就是无视它的存在。我们正在忘却自然的自己。”

“为什么成了这样？我们有能力应对这个问题，对吗？”

“我们人类因具备智商而自以为是，岂不知这种逻辑智力实际是以牺牲精神智力或直觉知识为代价的。正因为如此，我们对预警视而不见。最终，人类受短浅利益和贪婪

的驱使，泯灭了天性，不择手段，带来恶果。我们如今所面临的各种灾难就是由此所致。”

“所以你的意思是我们无视预警，将不可避免的事情束之高阁，不去理会？”

尼玛次仁睁大眼睛，“在新闻中看到有灾难爆发时，我们常常将其归咎于某些事件，或其他什么人。我们会说，那不是我们的错，肯定是他们的错。是其他一些人、组织，甚至邪恶势力招致灾祸，殃及了我们。实际上，所有灾难事件的发生，最该指责的是我们自己。”

“如果是别人所为，干吗要指责我们自己呢？”

“我们佛教讲究因果报应。我们说每一个结果都是有原因的。归根结底，说来说去，我们才是那个因。”

“好吧！”我试着转换一个话题。“如果这经文是一本赴香巴拉的指南，那么我怎么才能到达那里呢？”

“《香巴拉经文》是一本指南，讲的是怎样到达香巴拉王国。它也是一种神谕，预言了卡里时代，也叫‘毁灭时代’的到来。它还预言了一场史诗般的战争。这场战争已经降临到我们头上了。”

“你是说世界末日之类的事情吗？就像《圣经》中所讲到的——像《旧约》中的诺亚方舟和大洪水，以及《新约》中的末日审判一样吗？”

“不，我们谈到的‘毁灭时代’是一个完全不同的概念。我们不是说某种神灵或邪恶降临来毁灭我们的世界，不是这个。我们也不会把世界分成战乱与和平两个阶段，两者之间没有明确的界限。没有外来的上帝来决定这一切，也没有更高明的法官。其实，我们就是自己的法官。实际上，这个‘毁灭时代’是我们自己的卡玛（三业）决定的。它并没有写在书本里，也没有锁定在日历上。如果我们能够把人的恶业转化成善业，那么，‘毁灭时代’可以被无限期地推迟。时轮会转入下一圈，而我们在有生之年，也会迎来一个和平的时代。那就是香巴拉时代。问题归根结底在于我们共同的态度。”

“那么，‘毁灭时代’并不是什么黑色审判日？”

“对，不是。现在，我们身处的21世纪已经在某些方面表现出了‘毁灭时代’的特征。我们原本希望用高科技和更好的医疗条件来丰富这个时代，期望在联合国内有理智的头脑在战争爆发前就将其制止。然而，事与愿违，我们目睹了许多难以想象的事件，诸如恐怖活动、战争、自然灾害，还有像非典、禽流感、艾滋病这样的疾病。为什么我们会面临这样的天灾人祸？这是因为我们自身的卡玛出了问题。”

“那么，我们该对共同的恶业问题做些什么呢？”

“我们应该从自身寻求问题的答案。”他直率地解释道。“实际上，每个人出生时都怀有一颗纯洁的心灵。但是，客观世界里许多污秽进入并污染了人的心灵，结果衍生出诸多的恐怖事件。这并不是其他什么人或势力施加于我们的，

而是我们自己施加于自己的，是我们自身的行为导致了这些事件的出现。”

他说的话让我困惑不解。一方面，他谈到以那本经文为指南，作一次旅行。另一方面，他又说那趟行程是内在的。我不知道他到底期望我何去何从。原本以为可以在西藏人迹罕至的地方度过一个愉快的假期，没想到买了个古董经文匣子，竟然让我的假期变成了一团乱麻，令人费解。我请他解释一下，想让我带着那本经文进行一次什么样的旅行，那本经文将带我走多远。

“其实，一旦登程，跟随《香巴拉经文》的指引，你就会发现它不仅仅是一本去某地的指南，还是一个心路的向导。我们的身体是曼佗罗，是宇宙的缩影。你看见那些坐在大昭寺石头地板上的僧尼了吧，他们正在把种子和水晶混在一起，分出不同的层次，摆成环形。他们是在制作曼佗罗。”

“做完一个后，他们还干什么？”

“他们把曼佗罗作为供品，献给宇宙。在宇宙里，我们微不足道，但却是其内在不可分割的部分。他们用心和积极的意念制作完这样一个供品后，再把它拆散，将摆好的环形毁掉，把沙砾或水晶撒开，然后他们再重新做一遍。如果你要去香巴拉，此行将如同进入一个曼佗罗。最终，你会进入自己内心，就像这个曼佗罗，你可以把它拆了，然后再重建。”

佛陀

“如果找不到，打坐冥想吧。”

——《香巴拉经文》

我沿着那栋黄色的石楼里被酥油浸透了的楼梯拾级而上，来到仁增德吉的茶馆，发现她坐在沙发上，对在座的客人不加理会，正读着一本精装书。其实那是一个笔记本。我后来得知，那个笔记本里所有的笔记都是她自己写的。在茶馆里，她总是把那个笔记本放在面前的桌子上。

她的视线从笔记本上挪开，抬眼看了看，开始没说什么，然后笑了，“一位？”我在前面的沙发上坐下。她欠身问道：“尼玛次仁老师说了些什么？”

“那真是《香巴拉经文》。但是尼玛次仁说，要想用它作为去香巴拉的指南，我还需要寻求层次更高的喇嘛的教诲。就是你们藏族所说的仁波切或者‘活佛’。你知道在哪儿能找到那样一位大师吗？”

她想了想，但没有回答。喝了几杯茶之后，我觉得这样不会有什么结果，就要求买单。她用尖利的指甲撕掉了账单，让我周六下午在大昭寺前门外等她。她那天休息。

周六我如约而至。她出现在人群中，身裹牧民的毯子，戴一副有牌子的墨镜，两只手臂上戴了更多的镶嵌着绿松石的银手镯，象牙念珠紧紧地缠绕在她的左手腕上。

我们打了辆出租车，去了一个叫药王山的地方。她解释说，这里是松赞干布——第一位用佛教统一西藏的君王，常来修行打坐的地方。节假日期间，仁增德吉也常来这儿转经。

山边是一面陡峭的崖壁，上面刻了几百个佛陀、菩萨、护法神的雕像。崖壁前，藏族人叩长头朝拜。她对藏族人如何击掌拜佛做了解释。在头上击掌表示拜佛，在胸前击掌表示拜灵师或者古鲁，然后在腰间击掌表示拜菩萨，最后，全身匍匐在地以拜护法神。藏族人每天都这么做。仁增德吉说，每逢重大节日，不管能有多少客人，她都会撇下茶馆生意不顾，沿着八角街的朝佛道，一路叩拜长头，并围着大昭寺绕拜。

“那是一种表达，表达自己对那些力量所代表的能量绝对忠诚、全心奉献之意。这些在宇宙中可以互动的力量能在途中指引并保护我们。”仁增德吉解释说。“我在街上匍匐在地，背诵咒语时，感觉很好。就连人群踩了我的背、踏了我的腿，甚至踢了我的头，我都不会生气，只是感到同情和怜悯。万物面前人人平等。像这样的时刻，我默念咒语，只为将其深意铭记心头。那是一种与宇宙融为一体的感觉。”

我依然迷惑不解，指着那些巨石上的各种雕刻问仁增德吉，哪个是她那天谈到的菩萨。她没有理会我的提问，领我沿着一条转经道继续走。过了一会儿，她耸耸肩，“我没有必要告诉你，但是你问问也没关系。”

“这怎么讲？”

“到时候，你自会明白的。”

药王山上一块陡峭的岩石向上突起，湛蓝的天空淡云点点，似乎会随着她的呼吸消散开去。沿着山崖有一条狭窄的小路，路边的崖壁上安装着许多转经筒。仁增德吉用

手轻轻地触动转经筒，每个经筒都在慢慢地转动着。她没有说什么，只是沿着小路走着。淡云没有消散，湛蓝依然浓重。

我跟随她穿过一片经幡，来到一个地方，在那儿见到了贝鲁钦哲仁波切（西藏大活佛之一）。仁波切坐在几条迎风招展的经幡之间似笑非笑，看着经幡。他的存在，让人无需注意便能看到。在他的心里，什么东西都有相应的位置，这一点已经很清楚了。所以，当为生活的烦恼所困扰的人们向他求助时，他能够一一辨析烦恼的根源。通过重新调整能量，他能给人以帮助。

一群藏族朝佛者在他面前排成了队，向他鞠躬，祈求祝福。他们一个接着一个，有秩序地向前移动着，祈求他

摸顶。他把手在每个人头上放一下，那些人一个一个地从他们跪着的地方消失，然后又重新回到队尾。好像突然想起了一件并没有完全忘记的事，仁波切看了看正朝他走近的我。他什么也没问，倒让我的问题愈加迫切。

仁增德吉叩拜了三次，跪下，头低得快挨到了地。仁波切宽大的手掌平伸开来，摸了摸她的头顶。

我心怀狂喜，开始询问《香巴拉经文》的事情。他点了点头，硕大浑圆的身体坐在那里，安闲自在，活脱脱一尊寺庙入口处的大笑佛，庞大而慈祥。他低语，“这个时间不合适，先挂经幡吧。”

我吃了一惊。我手拿《香巴拉经文》，本想寻求答案，没想到，还没被问及所为何来，就被指使去挂经幡。我转身看仁增德吉，她只是笑，示意我应该学着仁波切手下一个喇嘛的样子去做。那人已经站到了上面陡峭的崖壁上，正试图将一根挂满经幡的绳子从其他的绳子上甩过来，拴在一块岩石上。也就是说，需要有人从另一边抓住那根甩过来的绳子，把它拴好。我笨手笨脚地爬上石堆，去够那根绳子。太阳光晃了我的眼睛，脚底下打了个滑。

"在踏上香巴拉之路以前，双脚必须在地上站牢。"仁波切笑道。

我用双手紧紧地抓住岩石，岩石碎成颗粒，我脚下又滑了一下，才再次找回平衡。我现在开始听从仁波切刚才所说的话，事情变得容易点儿了。我拴好了经幡，绳子松松地挂在那里，随后又绷紧。原来是一阵风托起了经幡，就像放风筝一样，经幡随风摆动。

“记住！”贝鲁钦哲仁波切朝在风中啪啪作响的经幡点头道，“火焰的大小不取决于火里的木头有多大，而取决于风向。如果你能够控制风向，就能控制火势。如果你不懂得风如何转向，不懂得能量的运转，就有可能被烧死。还有一种可能，就是火不会燃起来，会自动熄灭。”

接着，他指着像刺刀般插入土地的陡峭岩石说，“这块岩石所在的地方是藏王松赞干布常来修行的地方，他修行的洞穴就在岩石中。他是一位非常智慧的国王，用佛教统一了西藏，并且与中国内地和尼泊尔王国联姻。这样避免了冲突，与周边建立了和平的关系。”

“他一定是一位英明的外交家。”我这样评论道。“他好像吸收了两种文化的精华，并将之融合在一起，没有将任何一方排斥在外。”

“如果你看一下松赞干布像，就会发现他身旁的两位妻子，中国内陆来的王后手捧供奉的酒杯，而尼泊尔王后则手握达摩经轮。”贝鲁钦哲仁波切指出。“一个联姻是政治的需要，另一个是精神的需要。两位都是菩萨。我们说，一个是绿度母的化身，另一个是白度母的化身。记住，政治和精神是不可分割的。两位度母实际上合二为一。”

“他是怎样避免两位妻子发生冲突的？”我怀疑地问。

“藏王当然是把两人分开了，为她们俩一人建了一个宫殿。”贝鲁钦哲仁波切笑道。

此时我决定学着仁增德吉的样子，先叩拜三次，然后跪下，把《香巴拉经文》呈给贝鲁钦哲仁波切。我问仁波切，香巴拉是不是真正的“香格里拉”，就是那个被好莱坞导演约翰 · 凯普若搬上银幕的地方。影片依据《消失了的地平线》一书改编而成，书的作者是英国人，名叫詹姆斯 · 希尔顿。

贝鲁钦哲仁波切解释道，“香格里拉”其实应该是“香巴拉”，是被一位西方作家拼写错了。这位作家并不了解自己所写的东西。作家也好，导演也好，他们都不曾为此事来过西藏，甚至连亚洲都没有来过。结果导致如今大多数人把香格里拉当成了豪华连锁酒店。

“香巴拉是一块净土。”他清晰地解释道。“我们的土地是纯洁的，但有些人不纯洁。有纯洁神圣的人，也有‘不好’的人，后者不遵循‘卡玛’（三业）的规律。他们运用恶业，制造相应的邪气，结果导致全球战争、不可治愈的瘟疫、环境破坏，以及终极灾难。”

“聚集在一起的邪恶气息、恶劣行径导致了‘卡里纪’或‘卡里毁灭时代’的到来。”他这样解释道。“按照预言，这类事件大约出现于佛祖释迦牟尼圆寂 2300 年之后，也就是说，我们现在已处于卡里时代。”

贝鲁钦哲仁波切继续说，“卡里时代见证了无休止的战争、环境污染、瘟疫等。许多疾病我们闻所未闻，像艾滋病、非典，这类疾病是无法治愈的。还会出现更多的疾病，而导致这一切的原因正是我们自身的恶业。”

“当邪恶意念为因，恶性事件就必然为果。”贝鲁钦哲仁波切静静地说。“有果必有因，而所有的因都来自意念。人的意念的善恶决定了事情结果的好坏，邪恶意念必然引发一连串恶性事件。有时，已经做过的事情无法推翻重来，于是，下一步怎么做就变得尤为重要。”

“以前，连我们的食物都是纯净的，富含地球矿物质和太阳能量所赋予的营养。”贝鲁钦哲仁波切说道。“现在，食物是经过加工的，添加了化学品和少量维生素。如今，我们吃得很多，但吸收到的必要的营养却很少。这都是由我们自身的行为及不良意识造成的，人类的恶业使环境遭到破坏，而恶劣的环境又损害到人们的生存方式。”

“那么，如果我沿着经文所指的道路走下去，能找到香巴拉吗？”

“当然能。但是，只有当你意念端正的时候，才能够找到香巴拉。对了，你不是一个远足者，对吗？”

“对，不是。”

“你真正的职业是什么？”

“我是律师。”

“噢。你知道作为活佛，我的职业是什么吗？”

“不知道。”

“我是一名达摩律师。”

“那你能告诉我该走哪条路吗？向北，还是向南？”

“试着向西走吧，去冈仁波齐神山。”

“我到了那里，就到达香巴拉了吗？”

“当然不是。”他皱了皱眉，然后笑了。

“那我到了冈仁波齐神山后该做些什么？”

“打坐。”

“打坐？怎么打坐？”

他盘腿坐好，两条腿放到身子底下，好像消失了一样。接着，他双手合十，开始呼吸，“像这样，吸气时，吸收所有正气。相信我，正气比比皆是，只是看不见而已。你从未注意过正气的存在。呼气时，排出瘴气。其实，你不需要这么做。干脆什么也别想，消除二元对立。”

“二元对立？”

“实际上，没有相对的两极，所以，把它当成一个概念从思想上抹掉就行了。那样你就与自己合而为一了，因为你接受了‘无二元对立’的观念。”

“那是什么意思？”

“意思是说你不会再执著于过去所执著的东西。你会意识到它们其实根本不重要。那只是一件你要登记的多余的行李而已，其实你真正需要的只是一个随身小包。如果你能养成这样的思维方式，那么你就没什么可思虑的了。”

“但是有那么多事需要思考，怎么能做到什么都不想呢？”

“你太顾及周围了，想的太多了，这些实际上都不重要。”他又笑了，轻轻的，一点儿笑声都没出。

“但我们不得不在现实中生活，难道不是吗？”我坚持己见。

贝鲁钦哲仁波切笑道，“关于现实，只请记住一点：现实根本不存在。”

神谕

“城市的高楼大厦有很多门，住在里面的人们之间，其实每天都有杀戮发生。他们的生活方式就是作孽，疾病兴起……因为他们想让整个世界都跟他们一样。”

——《香巴拉经文》

我返回大昭寺，进入涂抹了厚厚的酥油、被藏香熏黑了的大门。门前，每天都有数以百计的朝佛人朝觐叩拜。门内，我找到了尼玛次仁，他和其他喇嘛一起坐在高高的台阶上。看见我，他站起身，没等我开口，就已预料到我要问什么。我边问，他边领我进了寺庙的大院。

院子四周是古老的壁画，其中很多描述了佛祖释迦牟尼生平的故事。从这里出发，沿着内部绕行路线，可以顺时针绕行大昭寺建筑群最初的部分。那是松赞干布的尼泊尔妻子修建的，她带来了工匠，修建了寺庙。如今，寺里那些未涂漆的木柱和房梁浸透了油烟，上面绘刻的人物依然保留着尼泊尔风格。

觉沃佛像（大昭寺供奉的释迦牟尼佛像）存放在大昭寺里面的地下室中，早先是从唐朝宫廷带来的，是藏王松赞干布的第二位妻子文成公主送给他的礼物。

身着藏红色僧袍的尼玛次仁将袍袖随意地甩过肩头，领着我转向左边，沿着转经筒的小道走去。我们跟着转经的藏族朝佛人群，不由得也转起了经筒。

从第一圈铜质经筒开始，他给我示范如何用心地慢慢转动每一个经筒。他解释道，每个经筒上都刻有慈悲咒，里面还有向上卷起的经文。转动经筒的意义可以从多个层面上理解。每转一圈经筒，里面的咒语便旋转一圈。经筒

还意味着一个轮回的开始。人们沿着环绕的线路，旋转经筒，一个接着一个，周而复始，连续不断。这意味着他们走在轮回之路上。这是我们生生世世所遵循的道路。

那就是为什么你总会在清晨和傍晚时分看到藏人云集于寺庙的原因。这两个时刻转经表达了特殊的意义——无论我们今晚身在何处，那里都是明天开始的地方，而那正是黎明到来的时刻。

"你知道吗？"我问，"英文中'革命'一词的字面意思是把一个轮子转足360度。"

听到这个，尼玛次仁的眼睛一亮。我感到他有话要说，但在等时机。我们来到最后一排经筒旁，在长廊的尽头，寺庙最里一圈的入口处，完整的圆圈呈现眼前。他指给我看香巴拉壁画。那幅壁画隐藏在防护电网的后面，画在一面老墙上，大多数的路过者都没有注意到。

我很吃惊，香巴拉壁画并不是我想象的那样。它没有描绘美丽的雪山、草原，也没有羊群、牦牛和幸福的牧民，而是一幅描绘战争的壁画。军队被派出去讨伐另一支军队。壁画中的意思，直到一个月后在日喀则，我到了班禅驻锡地扎什伦布寺时才弄明白。

"如今我们的世界遭遇了战争。"尼玛次仁指着壁画的细部让我看，两支军队箭矛相交，相互厮杀。"是谁发动了这场战争？"他大声地质问。"是某些外来势力？还是我们因自身的邪恶行径而引火烧身呢？"

然后，他指着我腋下的黑匣子说，“没错，看看香巴拉经文上是怎么写的吧。它如同神谕，预言到了一切。经文讲了一个故事。故事说，一个身为领袖的人，为了追逐个人名利，在他个人狂热信仰的驱使下，有朝一日向四处发动毁灭性战争。他对世界和平毫不在意，对世上的人们漠不关心。他甚至不惜牺牲手下士兵的性命，仅仅为了满足个人的野心。他试图征服、吞并那些与他没有关系的国家，丧失理性，不计后果。这种违背达摩（佛教教规）自然规律、考虑不周的行为必将给所有牵涉其中的人带来灾难。”他指着壁画上自我毁灭的士兵，愤怒地感叹，“引火烧身！”

“这么说，这就是我们在香巴拉壁画中看到的一切。竟是一场自我毁灭的战争？这是今天发生的事情吗？”我大惑不解。

他指给我看壁画的细部。上面描绘了爆炸性的发射物，还有宇宙飞船，状似带着尖刺的轮子，在部队上空盘旋。显然，不管几个世纪以前是谁画了这幅壁画，绘画者对现代战争将发展成什么样子颇有先见之明，更重要的是，他们知道现代战争会把我们引向何方。

“这样的武器，难道我们拥有的还不够多吗？”尼玛次仁质问道，“别自欺欺人啦，每个国家都有这些武器，什么人都能得到这些武器。但是，我们能把这些武器废除掉吗？不能。那么，你问自己一个简单的问题，这些武器能自动开火吗？当然不能。这一点我敢肯定。这些人对自己发明

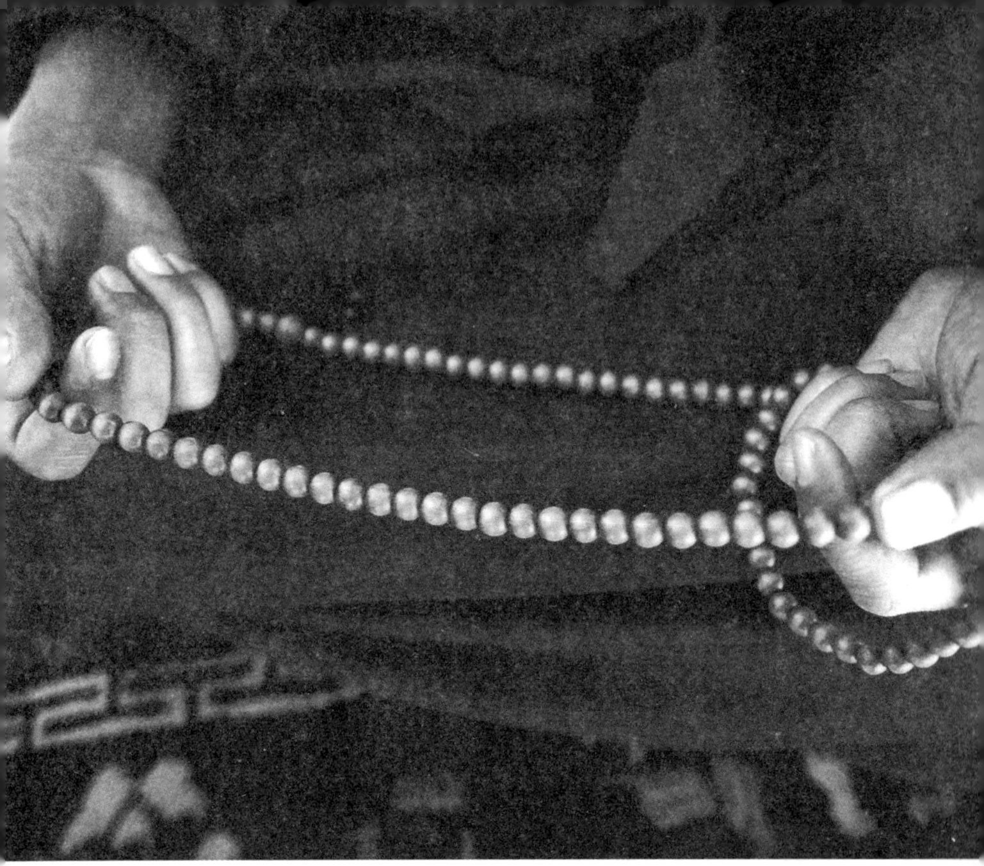

的技术是有把握的，那种意外绝对不可能发生。要让那些武器开火，需要有人动那个念头，必须有人决定要使用武器，武器才可能开火，那就是始作俑者。做出那个决定的人就是问题所在。”

“我们能否倒转经筒呢？”我问。

“记住，经筒是不能倒转的。”他朝我们刚走过的经筒点点头，只见连成串的经筒都是顺时针转动的。“我们这个世界上的那些国家领导人应该修行，治一治他们非理性的病态思想，因为这才是世界范围内灾难的真正起点。”尼玛次仁说着，无奈地挥了挥手。“我敢肯定，如果我们拥有一些理智的领导人，如果他们能够冷静地观察世界的每一个发展趋势，那么他们就不会像现在这样使用那些武器和技术去达到毁灭性的目的。这一切都源于人类的贪婪和无知。如果这些人能够控制自己的贪欲，顾全大局，理智地考虑问题，而不是只盯着自己狭隘的利益，那么眼前这种混乱的局面根本就不会出现。”

“和平的进程有任何希望吗？”

“看看这些国家是如何签订和平条约的吧。”尼玛次仁愤怒地摇摇头，“它们多半是在互相欺骗，甚至不等和约墨迹变干，就私下里忙于制造更多的大规模杀伤性武器了，筹划着去杀戮刚刚与其签订了和平条约的人们。这是弄虚作假。”

“对他们来说，这是交易。”我补充道，“他们制造那些武器，并把它们卖给选定的买主，从中大把地赚钱。买单的却是我们这些纳税人。接下来我们还要为遇难的亲属殓葬送行，此时政府还要向纳税人收取下葬税。”

尼玛次仁似乎是在仔细琢磨壁画上的某些局部细节，那里描绘了香巴拉战士对抗贪婪、狭隘、愚昧之军的情景。“我们这个世界的一些领导人具有严重的思想问题。”他叹息道，“为了扩张、当总统，他们不惜草菅人命，甚至不惜毁掉自己的士兵。他们的想法其实很愚蠢。他们说，‘我们的国家如此强大，可以让我们制服他国。’实际上他们这是在奠定仇恨的基础。这是常识。今天我这边的人取了你的命，明天你那边的人就会取我的命，这就是因果报应，是不可避免的。这个问题并没有复杂到需要进行理论研究或者实地经历的地步，要发生的事情其实非常显而易见。”

“但是，我们有那么多智囊机构和研究院所，里面充斥着斯坦福、哈佛大学的教授，如此简单的逻辑还是被扔出了窗外，真是奇怪。”我评论道。

“原因就在于智力被滥用了。”尼玛次仁继续发表他的看法，“这些人自以为是，认为自己实在是太了不起了。噢，我们能够制造许许多多大规模杀伤性武器！瞧瞧，我们有这个能耐，如此地聪明，研发出这么多武器，能够轻而易举地消灭其他人。聪明才智和各种资源本应用于医治病患、减少贫困、整治我们的社会问题。这样才能制止战争。这样就没有理由发动战争。所以说，这种无休止地发明武器是滥用人类的智慧，而不是理性地应用人类的智慧。”

他带我蹬上石头砌的井字形楼梯，梯子四周的墙是明黄色的。“太多的人被狭隘、愚昧和贪婪所蒙蔽。他们看不见前面、上面或后面，如同陷在一个梯井内。如果我们的肉眼看不见所发生的事情，至少应该用我们的第三只眼睛去看，用我们的智慧之眼，用我们的思维去拨开迷雾。我们最好赶快采取点儿措施，否则就太晚了。”

我们来到二楼，撩开布帘是一条廊道，穿过廊道又过了一道门，我被带进了他的房间。尼玛次仁伸手拿起一个装酥油茶的暖瓶，招呼我坐下，打开暖瓶盖，倒了一杯酥油茶。

“但是他们声称这么做是为了反恐。”

“一些国家的领导人认为，一个接一个地捣毁别人的国家，恐怖主义就会消亡。他们认为，通过这样的过程，所有的恐怖分子最终都会被消灭。想想看，这在理智上说得通吗？如果看看实际情况，就不难发现，他们越是想解决这个问题，这个问题就越严重。”

“可他们声称，不这样就没别的解决办法。”我大声质疑，“媒体从未问过其他办法是否会奏效。”

“他们所采取的方法是错误的。”尼玛次仁一边斟酥油茶，一边说道，“他们相信人生中权势就是一切，用权力、金钱就可以制伏他人。那是不可能的。不要试图征服他人毁灭他人。试试征服自己吧。如果你的文化、知识真那么了不起，他人自会服从于你。但是如果你想强迫别人，必然导致反抗，结果就如同传染病一样，四处蔓延，不可收拾。当然，你越是欺压一个民族，他们就越是会找你复仇。”

“这种思维方式并不是佛教独有的。”我脱口而出，“凭常识就能明白。”

“你要明白，我们喇嘛每天坐在大昭寺里并不是教人们信佛，而是教人们运用理性的智慧为大家办好事。那样的话，所有事情的最终结果都是可以预料的。如果一个国家想使用武力教他人行事，你觉得别人会心甘情愿服从吗？也许现在，在这个历史阶段，那个特殊的国家有权势和武力，可以压服他人。但是，你觉得那样能解决真正的问题吗？这只是一个暂时的结果。问题会返回来纠缠你，而且会变得越发不可收拾。”

“那么说，从这个角度看，香巴拉壁画所描绘的大战可以从几个层面去理解？”

尼玛次仁又给我们俩斟上了酥油茶，“记住，试图征服和统治其他民族和人民的领导不是英雄而是罪犯。只有自己站起来制服自身的贪婪、愚昧和愤怒的人才是真正的英雄。他们可以以身作则，带领我们走正道。所以，那些所谓的世界领导人应该停止谈论他人如何改进，而应该想想自身怎样改善的问题了。”

融化的酥油升起汩汩热气，满屋飘香。尼玛次仁又续上杯，思绪未断，“双方可能都有错，但这不是问题的起因。如果一味攻击对方的错，只会使问题升级。起因与他人没有关系，而是自身的问题。如果人人都能采取积极的举措——对你来说是积极的，对他来说是积极的，对他们来说也是积极的举措——那么整个结果就是积极的，我们就不会面临全球范围的衰败、战争、疾病和自然灾害了。所以我的观点是，冷静下来，思考一下，从自身做起，纠正错误，而不是推诿责任。找出自己的缺点，自我调整，别对他人指手画脚。寻找自身问题的根源并且解决它，这样你就不用向他人标榜自己的国家多伟大、生活方式多优越，因为如果人们认为你的所作所为正确，他们自会跟从你。”

“其实，那些做领导的高高在上，已经处于真空之中了。”我双手捧着热茶杯，生怕把它打翻。啜了口茶，我接着说，“其中许多人只不过是国防工业和武器制造业的傀儡。所以说，政府财政决定的立足点本身就被误导了。”

“我们佛教之所以重视对知识的正确运用，原因就在于此。”尼玛次仁强调道，“如果你是一名真正的领导人，那你最好运用本国的知识、资源和技术引导他国人民走向幸福，而不是把他们炸成碎片。有责任感的领导人应该冷静行事，从自身入手，理性地克制贪、痴、嗔三念。只有克制了这三种恶业的人才配做一个国家或人民的总统。仅凭炸碎他人、占领他国，就想做总统、领导别人，这是不够格的。这种英雄观完全被好莱坞曲解了。”

他又斟满茶杯，茶香温暖了大昭寺厚厚的橘黄色大墙。“想想吧。”尼玛次仁说，而我则盯着杯子中酥油茶滑爽的表面映出的自己的影像。“我们宇宙中的各种事情和事件都是相连的，没有什么是孤立的，一件事会导致另一件事，事事相扣。如果你剥夺了他人的权利，被剥夺者是不会就范、听凭摆布的。他们会回过头来报仇，会采用这样或那样的报复手段。如果你杀了某人，那人的家人就会来杀你，这就是因果报应。每种行为都会引起反应。如果你的行为是积极的，那么引发的反应会更积极。否则，如果你的行为是消极的，就会引发消极的反应。如果使用了暴力，报仇就是必然的。”

他伸手又斟满茶杯。好像又想起了什么，他又补充道，“我希望所有的民族，尤其是某些特殊国家的公民开始理性地思考正在发生的事情，冷静地彻底思考一下。我们所在的宇宙只有一个世界，这个世界是我们唯一的家园。你的、我的、每个人的生命都是相连的。实际上，我们只有一个生命。”

菩萨

“有一位美丽的姑娘，她是一位菩萨，
她希望所有穿越这里的人不再贫穷。”
——《香巴拉经文》

透过仁增德吉的眼睛，我渐渐理解了拉萨。她常常带我到大昭寺的寺顶，通常是在黄昏时分，那时的太阳伸展开指尖，拉长了影子，经过了盛夏午后沙漠般的炎热，空气开始凉爽起来。在这个时空里，白昼不能确定夜晚能否到来，只是朝着那个大方向前行。她会很放松，谈及她童年的秘密，梦想访问纽约和印度，梦想有一天能看见大海。

她非常尊敬她的父亲。她父亲是一名大夫，辞去了带薪、稳定的医院工作，旅居在遥远的青海地区，给贫困的牧民看病。她谈到了一位出家为僧的叔父，还有一个堂兄弟的故事。那个堂兄弟是一名活佛，去了印度又回来了。仁增德吉给我示范怎样用念珠占卜。她声称这本事是与生俱来的，但我让她给我算命时，她拒绝了。

周末的时候，她会带我去看她的姨妈。她姨妈住在一所藏式房子的顶层。那房子被挤在一条小巷中，小巷通向一条稍宽的胡同，胡同口隐藏在小昭寺入口附近。汉族人之所以叫它“小昭寺”，是因为寺中供奉着藏王松赞干布的尼泊尔妻子送给藏王的一尊佛像，该佛像曾经供奉于大昭寺的主要密室中。松赞干布的汉族妻子到来之后，将大昭寺密室里供奉的佛像换成了自己送给藏王的佛像。这种事在那个年代有时候也会发生。所以，藏族人修建了第二座寺庙。

我曾经在这座寺外等候仁增德吉。

她总是会冷不防地从人群中突然冒出来。如果天凉，她有时会裹一条牧民毯；如果天好，阳光明媚，她有时会戴一顶富于动感的藏式牛仔帽。每次都不说什么，总是匆匆忙忙地领我走进那条胡同。

她姨妈家陈设简单。墙壁是橘黄色的，有的地方已经裂了缝，有的地方墙皮已经脱落。天花板上的藏式装饰图案早已褪色模糊。墙角处铺着毯子的木质藏式床椅摆放成L型，中间是一张大木桌。桌上总摆着果盘和藏式面包。她姨妈总是用纯天然新鲜的酸奶招待我们，酸奶上撒满沙糖。吃完一碗，她会马上给你再添一碗。

她姨妈三十七八岁，有三个孩子。她拥有一双沉静的眼睛、红亮的面颊，长长的黑发编成一根粗粗的辫子，垂过肩膀，搭在背上。每当外出，她就穿上长长的藏袍，融入街上的人群之中。仁增德吉的穿着可不同。她喜欢穿磨破的衬衫和飘逸的印度蜡染裙子，佩戴超大号的镶嵌着绿松石的银质耳环，耳环藏在品牌墨镜后，很惹眼。两个女人在外型上形成鲜明对比，但实际上，心灵上两人亲密无间。仁增德吉富于情感，在感受周围所有变幻的情绪和气场方面几乎可以通灵。她的姨妈则踏实稳重，总是胸有成竹，知道下一步该做什么。因此，仁增德吉在许多方面依赖她的姨妈。

后来，我离开拉萨，回到北京。每当去朋友们宽敞、舒适的别墅造访，或是在铺张的现代化办公室里会面，透过落地玻璃窗俯瞰窗外难以计数的灯光、路上川流不息的车辆时，我脑海里常常想起仁增德吉姨妈房子里的情景。不知为什么,那是有生以来让我最感自在的地方。我常想象，香巴拉宫也许就是那个样子，一间简朴的房子，洒满午后的阳光，充满魔幻般的宁静。坐在这样的空间里，有一种奢侈感，原因就在于这里带给我心灵的平静。回到熙熙攘攘的北京以后，我的心常常会回到仁增德吉姨妈那简朴而实在的家，重温我在那里度过的那些充满温馨的下午。

在那些日子里，仁增德吉总是坐在窗前那张铺满藏毯的木床椅上，我坐在她对面。下午的阳光形成薄纱般的溪流，透过灰蒙蒙的窗玻璃流淌进屋，就好像透过满是污渍的玻璃流淌进教堂一样。阳光好像总能触到她背上长长的、富有光泽的头发。

在造访仁增德吉姨妈家的那些周末，时间似乎被消解了。整个下午几乎瞬间即逝。我们就坐在那里聊天，聊完之后，我们喝藏式甜奶茶。我渐渐意识到，时间在我们的观念中是如何被扭曲的。

一天，仁增德吉打开一条白色的哈达，给我看里面裹着的一个镀金的菩萨像。她显得很高兴，菩萨像是那天从大昭寺求来的。她姨妈马上知道什么时候该做什么事情，麻利地用双手接过佛像，把它放在我们头顶的架子上。“放这儿最好，在高处，不能放在你们俩喝茶的桌子上。”

我问起菩萨像的事，仁增德吉没有直接回答我，而是谈起另一个叫卓玛拉康的寺庙。“那是一个度母寺，我第一次到拉萨时，去过那座寺庙。它给我留下了最温暖的感觉，好像我一直都属于那个地方。但就去过一次，后来再没有回去过。”

“卓玛拉康与你姨妈刚才放在架子上的菩萨像有什么关系呢？”

“我的菩萨是白度母。”

我很好奇，请求她带我去卓玛拉康。我们一直等到下一个星期六才有机会去那儿。离开拉萨市区，我们开车沿着一条长长的路行驶。这条路的终点是机场，从那里可以前往日喀则。拉萨河在公路旁流淌，流入雅鲁藏布江。雅鲁藏布江源自藏西的冈仁波齐山，向东流向拉萨，然后又急转向西南方，流向印度和孟加拉国。我们一路疾驰，路旁绿树成行，树叶尖儿已经变成了金黄色。初秋的风在树叶间穿梭，好像从碧蓝的天空发出凉爽的低语，告诉我们，我们的期盼是正确的，夏天已经过去。

卓玛拉康就在路旁，但我说不清具体的位置。要不是仁增德吉指出来，我也许根本就不会注意到它，也许会一路开过去。停下车我才看清楚，入口处的两边排列着铜质的小型转经筒。我们转动经筒，进了大门。

卓玛拉康寺庙院子中间坐着一只猴子，灰色的毛皮，方方的脸盘，大大的手，和人手没什么两样，只是比人手略小。这只猴子蹲在卓玛拉康寺院的中间，到了晚上，就爬到树上睡觉。

“这只猴子经过了一生又一生，行过了一路又一路。否则，它是不可能在这个寺院里居住的。那根本就是不允许的。”仁增德吉说着，扔给它一袋花生米。我这才明白，带花生米来原来是干这个用的。她接着讲述人在旅途中迷失了方向时，猴子是怎样给人带路的。

“正是在判断不清方位的时候，人们才渐渐明白了猴子所具有的超凡能力。”仁增德吉补充道，“所有的猴子都是印度猴王哈努曼的后代。传说该猴王无所不至，并且眨眼工夫就可以从四面八方返回原地。汉族人把猴王哈努曼编进了美猴王孙悟空的传说中。传说孙悟空筋斗翻得比所有人都高，身怀七十二变绝技，但却从来无法跳出如来佛的掌心。”

“为什么跳不出呢？”

“如来佛的手指高过山峰，手掌宽过沙漠。美猴王感觉到了佛的超凡力量，认识到了人类宇宙的巨大。然而，仔细想一想，这个宇宙其实非常藐小。试着想象其他那些宇宙，我们这个宇宙不过是夹在其中的一个而已。我们真的很微不足道，也许就是如来佛掌上的一个黑点。猴王努力越过的不过是如来佛手指间的缝隙而已，可它竟把那些手指当做了高山。所以，即使猴王有那么多的魔力，它依然还是无法征服自身所在的宇宙，原因就在于它还不懂怎样运用这种无限的力量去打破有限的时空。”

“那么，所有这些关于猴子的故事是要表达什么观点呢？”我再次对这一切表示不屑。

她笑着将额前的几绺黑发捋到耳后，带着那种事事先知的良好感觉，流露出不想马上揭开谜底的傲气，但看得出她在努力掩饰这种傲气。“这些故事传达了一个信息，通过与天下万物合而为一，你就能打破时空概念，打破时空限制。要做到这一点，你的内心必须绝对清静。”

“绝对清静？”

"就是虚无。"

接着她建议我向猴子询问方向。我按她说的做了。猴子没有应答，只是将花生米扔得满地都是。她把这解释为四面八方。后来，猴子好像指了指寺庙的主殿，至少她是这么解释的。于是我们走了进去。

进了主殿，看见边上有一个小护法神殿，那里保存着古代猎人和武士的剑鞘。我看了看，只见皮革开裂、木头油腻，肯定有几百年的历史了。那里的喇嘛说，某些猎人和武士懂得另一些人经历死亡时的痛苦，而那痛苦是他们亲手造成的，于是他们决定停止捕猎和斗殴。在过去的岁月里，他们主动将自己的弓矢、刀剑带到卓玛拉康，放在神龛前，发誓不再杀戮。这些暴力用具挂在护法神殿的房椽上，香火的烟雾飘散至此，凝聚成祥云，又变成了尘埃。喇嘛说这些被遗弃的武器代表着消极能量被转化，用以保护寺内的度母。

卓玛拉康的喇嘛说，寺内白度母像曾经丢失，后来又被人在美国找到。发现白度母像的是中国的一位古董收藏家，是他证实了那尊白度母像出自该寺并把它归还给寺庙。喇嘛们把失而复得的神像锁进了佛龛中的一个小阁子里，以免再次丢失。

这尊神像肯定是印度佛教大师阿底峡（Atisha，公元982–1054年）从印度到古格，最终到拉萨郊外一路随身携带的那尊白度母像。在拉萨郊外，阿底峡大师修建了卓玛拉康，并传授度母教义，直到去世。他传授的教义后来在西藏广为流传。

仁增德吉曾经粗略地提到过，如果我真的遵循《香巴拉经文》的指引，它很可能会把我带到古格王朝的遗址。那遗址位于西藏西部的阿里地区，靠近克什米尔边境。

许多藏人渴望造访这一地区，认为那里代表着香巴拉的源头，是一个和谐的佛教王国。

当年，是古格国王邀请阿底峡来到西藏，在古格王国振兴、宏扬佛教。佛教当时正处于低谷时期。

所以，从某种意义上说，我将会沿着阿底峡的路线反向行进。然后，按照经文的指引，我最终可能绕一个大圈子，回到起点，仁增德吉如是建议说，“在你开始的地方结束没有什么不好。”她耸着肩说，“轮回就是这样，在开始的地方结束。”

喇嘛带我们进去的时候解释说，“白度母有五只眼睛，目睹人类的苦难。因为人类苦难深重，所以她总是伸出一只手帮助那些渴望从地狱般的生活中解脱出来的人们，但是乞求帮助的哭声太多了。”

我问白度母象征着什么。喇嘛耐心地解释道，“慈悲菩萨，即汉族所称的观音菩萨，目睹人间苦难，落下两滴眼泪，一滴泪变成绿度母，另一滴泪变成白度母。绿度母伸出一只手去庇护受难的人，伸出一只脚踏在莲花上，摆出随时采取行动的姿势；白度母的手心、脚心，还有额头上都长

着一只眼睛，看得见人间所有的苦难。”

“这些与遵循《香巴拉经文》有什么关系？”我问。

“如果你真想找到香巴拉，遵循其经文前行，就得弄懂度母的威力所在。”仁增德吉插了一句，执意叫我动身前必须搞明白一切。“途中妖魔鬼怪层出不穷，会不断纠缠和伤害你。但你必须明白，所有的妖魔鬼怪都可以被制伏。如果我们懂得如何去做，我们就可以调动内心的力量去降伏妖魔。这便是我带你来这儿的初衷，来弄明白如何去做。”

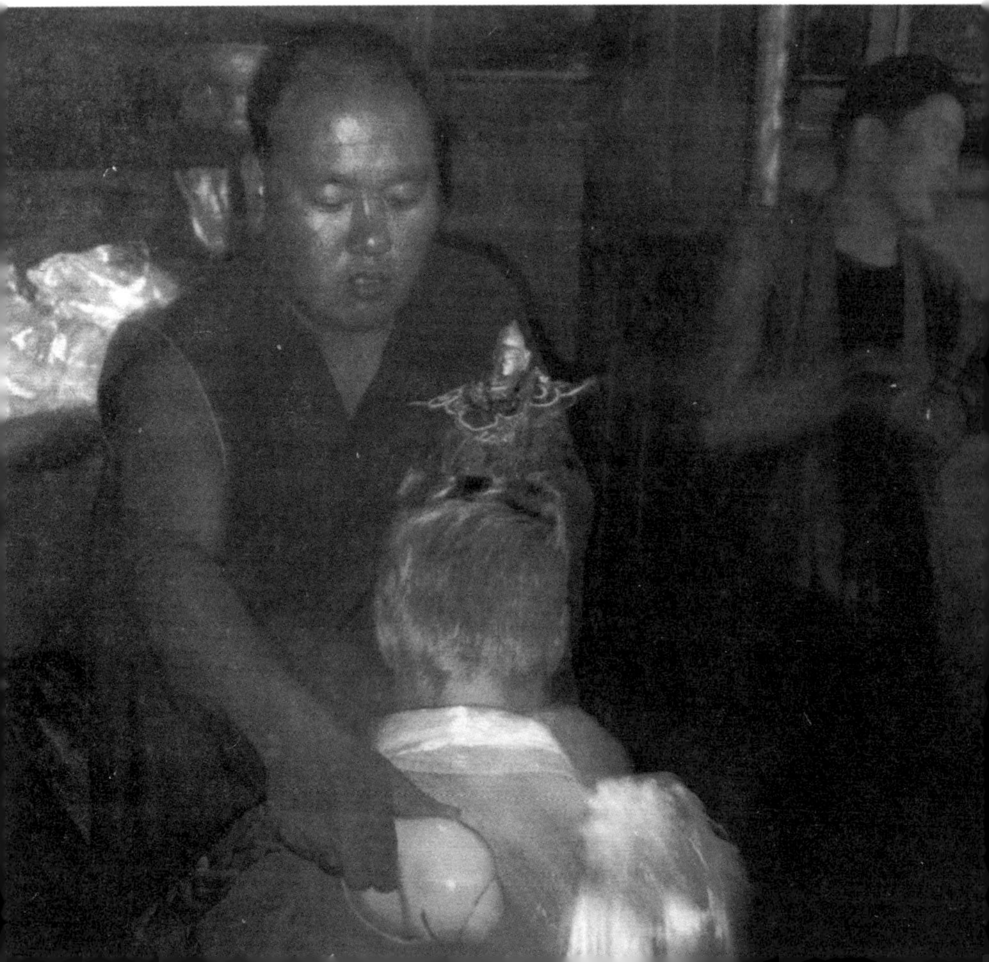

接下来，仁增德吉解释了为什么卓玛拉康寺庙内有21种不同的度母像的原因。“关于度母菩萨有一个故事，讲的是菩萨的21种法相。过去，这21种法相都是妖魔，试图伤害、阻挠度母菩萨。度母用她慈悲的胸怀，降伏了那些妖魔。这群妖魔从此改邪归正，从菩萨的敌人变成了她的弟子，后来又变成了她的法相。在菩萨忙不过来时，这21个法相就能够帮着菩萨普度众生。度母之所以需要自己的21个法相，就是为了克服更多的障碍。”

在寺庙的密室内，靠两边果真供奉着21尊度母像。仁增德吉指给我看神龛后的秘穴，里面供奉着小但却神圣的白度母像。“现在要看喇嘛是不是愿意给我们打开秘穴的门了。”仁增德吉告诉我，“通常，他们不愿意打开门，因为神像虽小，可威力惊人，所以喇嘛们很少挪动神像。因为体积小，大多数人都容易忽视她的威力。如果你不忽视她，并且仔细听，你会听到她跟你说话的声音。”

“她还能说话？”我问，表示怀疑。“你是说我们能听见她说话？”

“是啊，要十分仔细听才能听得到。”仁增德吉执意道，“不仔细听，你怎么能听得见呢？”

一个喇嘛回来了，推门进入了密室。他拿了一串用铁链穿起来的钥匙，叮当作响。他挪动秘穴旁边的一副摇摇晃晃的梯子，爬上去，钥匙的叮当声更响了。他打开了锁着秘穴的铁门，这道门保护着隐藏在里面珍贵的白度母神

像。接着，他挪动神像，慢慢地、小心翼翼地踩着梯子下来。神像包裹在一块彩色的、细柔的棉布里，外面覆盖了一层层的金箔。金箔太厚了，无法看见度母像精致的面庞，也看不见她手脚上的眼睛。

听喇嘛讲，一次白度母竟然从秘穴里走出来，站在寺院中。然后，她开口讲话。喇嘛用不容置疑的口吻向我保证说，当时在场的人都听见了度母的声音。接下来，那喇嘛把小小的贴金菩萨像放在我的头顶按了一下，接着刚才的话题说，“如果仔细听，你也能听见她的声音。”

于是，我问仁增德吉，“菩萨的话语听起来会是什么样？”

她以最轻柔的声音说，“像远处飘来的歌声，像遥远峡谷中传出的孔雀鸣叫，像没有月光的夜晚里风的呼号，像潺潺流水声。那是从雪山上流淌下来的水，汇入浩瀚奔腾的拉萨河，而拉萨河正好从卓玛拉康寺庙的门前流过，就是我们所在的寺院门前。听，现在能听见度母说话了吧？”

我听了片刻，什么也没听见。我问这是为什么？喇嘛教我再听。仁增德吉说我还是听得不够认真。

道路

“要想到达香巴拉，你还有很长的路要走。”

——《香巴拉经文》

“这肯定是我吃过的最糟的比萨了。”

“这可是我茶馆里最有名的一道菜了——牦牛肉比萨。”仁增德吉带着自豪说道，“比萨上的奶酪也是牦牛的。”

“我猜配方是你自创的吧？”我问。

“在印度，印度教徒有句俗语，‘吃啥像啥’。你一直住在北京和香港，按习俗，汉族人吃猪肉，我们藏族人吃牦牛肉。想一想，这两种牲畜是怎样生活的。只想，别说出来。”

仁增德吉又斟满一杯酥油茶。“所以说，你应该慢慢习惯吃牦牛肉。如果你想按贝鲁钦哲仁波切建议的那样，按照《香巴拉经文》的指引，去阿里地区的冈仁波齐山，你就必须穿越许多海拔 5000 米以上的山口。你从未去过，难以想象氧气究竟有多稀薄。在赴香巴拉的途中，类似的高海拔山口特别多。你得一一翻越才能到达香巴拉。”

“就是说，喝酥油茶、吃牦牛肉会帮助克服高山反应？”

“是的。”她十分肯定地答道，“别低估了我们藏族人的生活方式。我们所做的一切都是有意义的，并且合乎逻辑。”

“举例说说看。”

“看看我们的穿着。天多热，藏族人都穿着厚重的袍子，袍子是绑在腰间的。高原气候变化无常，一会儿是烈日当头，灼热烘烤，穿件 T 恤衫足以。可是，别被蒙了。突然之间，就会有风雨或风雪交加。而你毫无准备，根本来不及换衣服。

即使在夏季，你走到哪儿，也都得带着冬装。天气就是这样变幻多端。顺便问一下，你真的要去香巴拉吗？”

“是的。”

“什么时候回来呢？”

“我想，一两周以后吧。”

“你肯定那趟旅程有这么短吗？”她笑了，几乎笑出声来。

“你觉得这很好笑吗？”

仁增德吉打开黑匣子，解开橘黄色的包布，拿出经文。她用手指尖触摸着褪了色的橘黄色纸边，慢慢翻开书页。“是用古藏文写的，不太容易读懂。”她叹了口气，“但我可以看懂一些。我觉得你不应该遵从此经文的指引，不该去那里。”她摇摇头，透过垂在面颊上的一绺绺青丝看着我。

“为什么？”

“《香巴拉经文》说，沿途妖魔出没频繁。”她笑着说，“万一有妖魔试图伤害你，你怎么办？”

“那可能是个问题。你有什么建议吗？你已经给我介绍了一位好的藏族司机。”

“想知道经文是怎么说的吗？”她笑着说，“它讲了对付妖魔的办法。”

“说下去，读给我听。它是怎么说的？”

“经文说，‘穿越没有水流，也没有人烟的地方。这是沙漠，行程要 21 天。’经文十分清楚地描绘了这片沙漠，‘那

里是域外之域，从无人迹涉足。但是假如你到了那个地方，别停留，必须继续走，因为那里是无人区。’”

“还说了什么？”

“想过穿越不曾有人穿越的沙漠吗？”仁增德吉问，没有理会我的提问，两只弯弯的眉毛向上挑起。“知道沙漠什么样吗？”还没等我作答，她先给了一个答案，“沙漠是你心中两次回声之间的空间。每一次回声停止的时候，你能听到自己的声音吗？如果能听见，那你可能已经穿越了那片沙漠。你做好尝试的准备了吗？”

她没有等待回答,但已经听到了我的回答。她没有回应，因为她已经做出回应了。我什么也没说，而她什么都说了。她说的方式是，带着淡淡的笑容，往茶杯里斟茶。

“好吧，如果我能穿越沙漠，会怎么样？经文怎么讲？”我问，抿了口热茶。这茶喝起来，酥油好像比茶多。

“穿过沙漠以后，你会‘到达一个老虎、爬虫、猛兽出没的地方，当然还有森林’。经文上说，‘走 12 天。’没有麦当劳，没有肯德基，甚至没有早 7 点晚 11 点的便利店。”她笑出了声，“事实上，那儿什么都没有，就连四川饺子摊儿也没有。你怎么办？如果你不吃老虎，老虎就会吃掉你。”

她放下了经文，用两手捂着嘴，好像是想压住笑声。后来，她再也忍不住了，那笑声好像停不下来。她站起身，在房子里走来走去，好像这是她所听到过的最可笑的事情。我坐在那里不停地小口喝茶。我后来发现，藏族人原来有

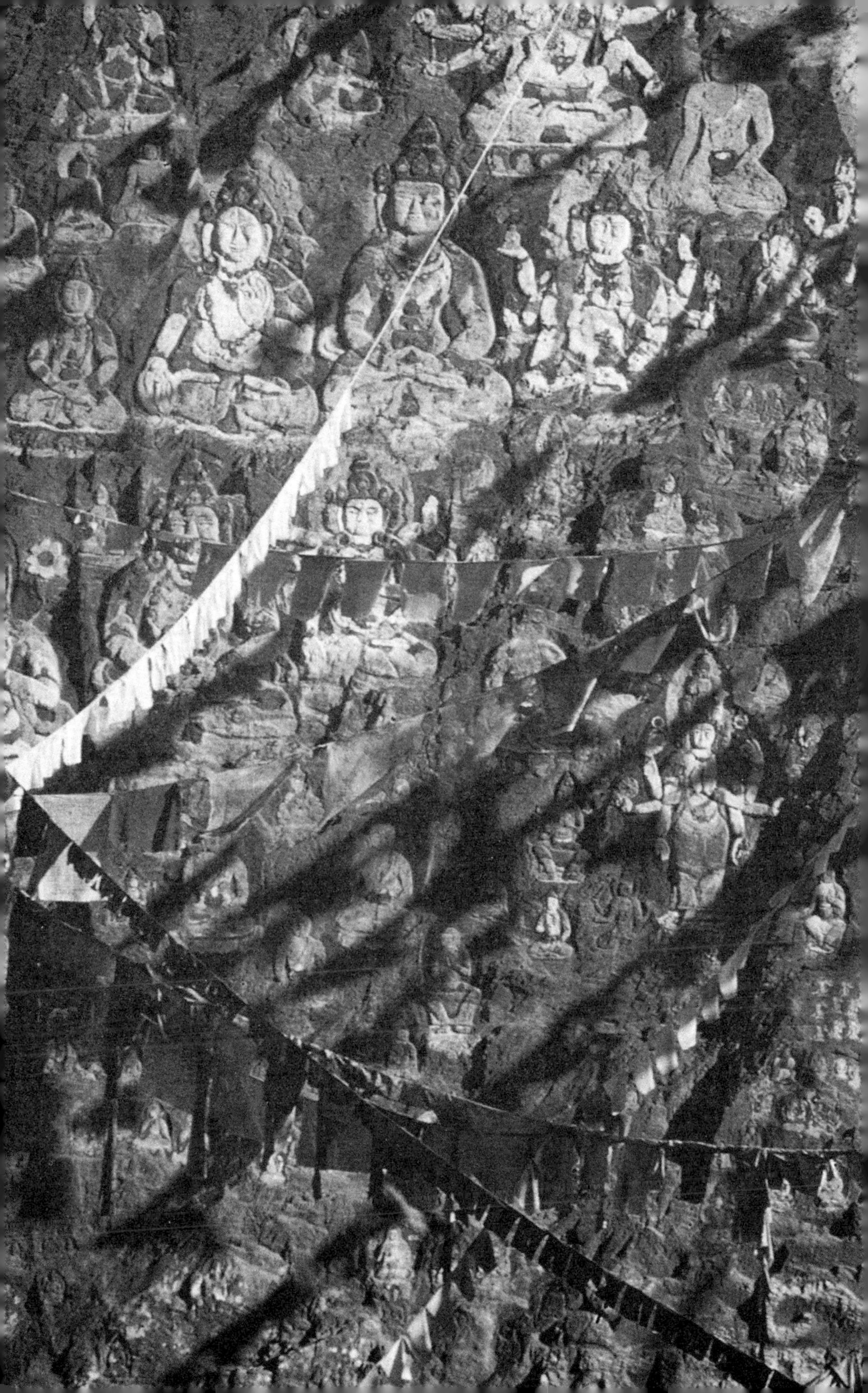

一种难以抑制的幽默感。有些事原本非常简单，但在藏族人看来却可能滑稽得不得了，从而引发阵阵大笑。每逢此时，我都得等好长时间，等到她的笑声由“哈哈”变成“咯咯”，直到恢复原状，重新严肃起来。

“好吧，猛兽完了还有什么？”

她回到沙发前，坐下，用指尖又翻动了几张橘色边儿的黄色书页，再次解读经文。“经文上说，‘接下来，你会抵达一个叫甘达（Genda）的地方。那是一座山，山上长满了药材、花朵、树木。’经文还说，在那儿，你会遇到‘一头长着八条腿的狮子……这头狮子每天都要杀害许多的动物，非常凶悍。’不过经文也说道，‘一个愤怒的动物可以变得温顺，能够给予你帮助。’但经文在此要你‘把狮子杀了’。”

“为什么要杀那头狮子？目的是什么？”

“‘狮子的血可以帮助你去香巴拉’，经文上这么说的。”

“狮子的血怎么能帮我去香巴拉呢？”对我来说，这好像是无稽之谈。

“经文说，‘用狮子的血给一个叫门得哈（Mendeha）的女孩儿画一张画。这个女孩儿是黄色的，长着獠牙，一只手拿了一个牦牛皮包，里面装着动物的血和骨头，另一只手握着文殊菩萨赐予的智慧之剑。女孩儿身着人肉衫。你把被狮子杀死的动物放在她面前，对着她的形象打坐冥思，并把文殊菩萨心咒背诵一万遍，或一直背到那妖魔离去为止。'"

“什么咒语？”

“唵嘛拉巴扎那底（Om Ara Benzra Nadi）。”

“我得背一万遍吗？”

“那是很有用的，是智慧咒语。你需要靠它找到正确的道路。”

“最好再给我读一些。”

“《香巴拉经文》接着说，‘双手作桶状，与妖魔交谈。’”

“我该对妖魔说些什么呢？”

“经文写道，妖魔会问你去香巴拉干什么？在与妖魔交谈时，要等待他们提问，然后作答。”仁增德吉笑道，眼睛透过掩面的长发朝上看去。她很快地掠开了脸上的头发。“法律学校没教你如何礼貌并有效地与妖魔交谈吗？”我看见她在微笑，露出白白的牙齿。那是一副牧民的牙齿，洁白得如同象牙。这一次，她没有大笑。

“既然你是妖魔学专家，那么你告诉我怎样与妖魔谈话吧。”

仁增德吉一副颇具权威性的样子，“经文上说，就向妖魔宣告，‘我是代表所有具有感知力的生物前往香巴拉的。’”

“就那样？”

“就那样。经文让你说，‘我是为他们而去的。’”

“经文就说了这些吗？”

“不完全是。”

“什么意思？你是说，它还说了其他的东西？”

“也不是，两者都不是。经文说得不像法律教材，甚至也不像报纸那么清晰。在你看来，这个世界上的一切都黑白分明，然而事实并非如此。我知道，在你来的那个地方，人们让自己相信，这个世界就是这样运行的。西方人来到我的茶馆，常常向我询问有关西藏或佛教的事，但并不真想听我解释。他们坚持认为，事情是这样的，或是那样的。那都是他们在报纸上或书本上读来的。他们在误导自己，他们忘了，黑白是可以混淆在一起变成灰色的，有时灰色更美丽、更自然，如同雨声一样，更凉爽，也更舒缓。实际上，雨水的颜色就是灰色的。你有没有抽空去听一听雨水的颜色？”

“不曾有过。”

“这种颜色只有当你扔掉雨伞，坐在雨中，任凭雨水倾泻时才能听见。以前你试过这样做吗？”

“这对我来说纯属扯淡。”

“不，你错了。你不懂。”

“不对。在亚洲，当我们这些外国人实事求是地把扯淡称作扯淡时，人人都对我们说，‘你不懂。’”

显然，她对我的话很失望，并以摇头的方式将这种失望表露了出来。“你得向妖魔求饶，并请求说，‘在我的旅程中，你能帮助我吗？能不伤害我吗？’如果你诚心诚意，妖魔会说，‘好的，我会帮助你。’”

"然后呢？"

"然后她就消失了。"

"就那样？"

"就那样。"

仁增德吉带着哀求的神情说道，两只弯眉抬得更高了，"记住，每个菩萨都有一个愤怒的法相。"

"你是指其坏的一面？"

"是的。文殊菩萨手持一把水晶剑。这位菩萨是智慧的化身。面对无知时，文殊菩萨会变成大威德金刚护法神（Yamantaka），一个长着许多手臂和带着愤怒表情的牛头的神，牛嘴还在吞噬毒蛇。"

"那是什么意思？"

"菩萨也会变成魔鬼，而魔鬼也可能是乔装的菩萨。所以，你两边都不能忽视。"她笑着点点头，"人人都随环境的变化而变化，懂吗？"

"你好像特别在意这个菩萨的话题，是吗？"

"是的，我的茶馆就是一位菩萨的驻地，你不知道吗？噢，你可能还没有听过这个故事。"

"什么故事？"

"有关我茶馆的故事。想听吗？"

她打开面前桌上的那本小书，开始用纤细的手指尖翻找书页，手指甲涂染得像六十年代的花孩子一样。她翻到一行字，开始看，眼睛盯着页面上下移动，好像全神贯注的样子。“许多世纪以前，尊者六世达赖喇嘛常常在夜晚溜出布达拉宫。他是一个浪漫的人，喜欢饮酒唱歌。他写出了西藏最美丽的诗歌，至今仍为人们传诵。有一个夜晚，他来到了这个茶馆，就是我们现在所在的茶馆，他开始写诗、吟诵。突然，他瞥见帘子后面有一位美貌的年轻女子，他立刻就被她的美丽迷住了，他深信自己见到了白度母菩萨。打那以后，他几乎夜夜到茶馆来，待到很晚也不肯离去，寻找着美人的踪迹，可是那女子再也没有出现过。”

“许多人试着劝阻他，劝他放弃寻找，说他所见不过是个梦，是一时的幻觉，这么找下去是徒劳的，那女子只不过是一种错觉。他们说那只是心理作用，你听说过这个吗？然而，六世达赖喇嘛始终拒绝相信这些悲观论调。这也是藏族人对他无比赞赏的原因所在。”

“他一次次来这座茶馆，特别是在满月的深夜，云彩如同绽放的莲花。他一直在寻找。实际上，他用尽余生寻找那位菩萨。据说，最终他身故于这一追寻。你想了解后来的事吗？那位菩萨再也没有出现过，而他寻找她，直至停止呼吸。”

仁增德吉讲完了这个故事。我一直在喝酥油茶，而她在讲故事时不断用来给我倒茶的那个高高的暖瓶，还是没有见底。

“你还要进行这趟旅行吗？”她问。

开头我没说话，依然沉浸在有关菩萨的大量信息里。

过了一会儿，我才大声说出了自己的疑惑，“经文中说到的妖魔变成了菩萨，而六世达赖喇嘛写了一首关于永无止境的寻觅的诗歌，所有这一切是什么意思？”

“你永远不会知道在去那个地方的途中会遇到谁，特别是在你不能肯定经文会把你带往哪里，也不知道自己最初为什么会来到这里的情况下。”仁增德吉说着，又倒了些茶。“所以，无论遇到什么样的人都要特别小心，但要始终保持开放的心态。那人可能是妖魔，也可能是菩萨。你不知道他们会怎样改变你的人生。相遇可能非常简单，简单到就是告诉你去哪儿或给你指指方向的地步。只有按照对方指引的道路到达了你不曾想到过的地方以后，你才能认识到那个人究竟对你影响有多大，才知道那人是不是改变了你整个人生的方向。”

“那又意味着什么？”

“想一想，人生就好比身处经文中描绘的香巴拉宫。香巴拉宫有许多门，每扇门都通往一个不同的方向。踏进不同的门所带来的因果联系是不同的。打开一扇门，你会遇到不同的人，会有不同的恋人，会在某个地方以某种方式死去。而如果你打开另一扇门，走进去，那么你所遇到的人、经历的事又会是另外的样子。你今生如何生、如何死决定着你来生如何再生。记住，每扇门都不同，但是一旦踏入，你所遵循的道路以及途中所发生的一切，都是相关联的，终将导致某种特定的结果。”

“也就是说，走进拉扎的店铺，买下这本经文，我就进入了一扇门，你的意思是这样的吗？”

“也许是吧。你很快就会起程去阿里了，你计划什么时候动身？”

“我们明天就动身。”我回答道，“你介绍的那位藏族司机格明，他同意开车。我租了他的吉普车，跟我走完全程。他认为我们要走4000多公里。”

她一时没有说话。过了一会儿，她好像又想起了什么似的，用手指着被浓浓的焚香熏黑了的橘黄色土坯墙说，“一回来，你就到这儿来吧，反正我总是在这儿。”她平静地耸了耸肩。

我听着仁增德吉那坚定而低沉的话语，思考着接下来的这趟旅行。道路是漫长的，我们需要带够给养、药品、帐篷、睡袋、备用胶卷、方便面、大量的卫生纸，甚至需要携带几塑料桶汽油。我在心里列着物品明细单，同时能够看见她投射在白色的奶茶中的影子。她问，“你遇见过乔装的菩萨吗？”

归

“你将穿越没有水流，也没有人烟的地方……那是沙漠……要走 21 天。”

——《香巴拉经文》

“好了，你的证件齐了。”边防哨兵打断了我的思绪，他带着负责人的腔调对我说。实际上，他是唯一一个驻守这道门的人。格明点点头，把我的护照及批准我们去阿里的通行证都交还给我。我把这些证件放回钱夹，把自己的思绪从听风的声音中拉了回来。

哨兵拍了拍双手，向我们做放行的手势，一副大权在握的样子。一根涂成红白色的铁杆缓缓升起，升起的速度实在是太慢了。风不停地刮着。

我们通过哨卡，进入了阿里。一切似乎都那么缓慢。我呼吸着稀薄的氧气。不知为什么，这一切仿佛曾经发生过，可能是梦见过。风声肆虐，沙尘弥漫。在扬尘中，我搜寻着一条金色的哈达，但它已经飘过去了。

路是用一层薄薄的碎石铺就的，路边的崖壁上雕刻着菩萨，其中一个看着我。她有一双白色的手，上面绘制着眼睛，还有第三只眼睛长在额头上。我们经过这些雕刻，我想着她额头上的那只眼睛。格明打断了我的思绪，说出了自己的想法，“过了哨卡，你会需要这个地方所有菩萨的保佑。”

上路几个星期以来，这还是格明第一次没有用斩钉截铁的语气来说一个斩钉截铁的内容。他小心翼翼地开着我们的吉普车过了哨卡。“过了这个地方就没什么了。”他确定地说。在我的左边，一片蓝、黄色的佛陀雕刻闪过。接下来，从车后窗看去，又一个菩萨雕像印入眼帘，她越来越小，接着便消失在地平线上。我开始想起要去的地方。

有一种鲜明的感觉，好像要穿越一个交叉地带。崖壁渐渐开阔，露出广袤的草原和无边的沙漠。我看不见草原是在哪里终结的，也不知道沙漠是从哪里开始的。这两个地段并到一起，像月球表面崎岖不平的地貌一样。这片土地好像一度是海底，后来什么人拔掉了塞子，水被排干了。

进入阿里，我感觉自己的人生好像戛然而止。那是一种鲜明的分离感，非常深切，就好像掉进了一片不合逻辑的虚空之中。意识唤醒了幻觉。从来没有哪个地方在我的脑海中如此真切、清晰。我想，我这是回到了自己数次在梦中造访的沙漠。阿里，一片广袤无垠的沙漠，与草原、峡谷，以及白雪皑皑的山脉参差相连。这片沙漠拥有无限且无拘的美丽，却又发出极其恐怖的尖叫。剧痛向我太阳穴后的某个地方袭来，撕扯着我眼睛后面的静脉血管。一时间，我脑海中反复回荡着短促的脉搏跳动的声音。

进入阿里，我突然想起了一个反复出现的梦境——一个我曾经多次造访却从未进入的地方，还有一片我从未穿越的沙漠。也许，前生我曾在此地离世，后又数次转世至此。也许，在最终化作微风以前，我还会在这里几度身亡。

脑海中闪现着以往的每一场梦境，像电影画面一样时隐时现，凭借着电影院中的大型放映机滚动着。这部电影

曾在我脑海中成型过，我知道，它刚刚已经开始了。我们的吉普车在沙石地上漫无目标地开着。我感觉自己已渐渐丧失知觉，正再一次进入梦境。我能肯定的，就只有这一点。

我们的吉普车沿着一条狭长的碎石路漫无目标地行驶着。这里是进出阿里的唯一通道。在未来的几星期里，前后都只有这一条路。沙漠在我们眼前延伸着，感觉无边的死亡正在无限地延伸。一只孤独的渡鸦观察着我们的动静，发出哀鸣，其叫声不断重复，非常清晰，但没有回音。这一次，我没有醒过来。是时候了，该回到我始终没能穿越的沙漠了。

阿里

阿里位于西藏最西部，是一个严格控制开放的地区。对大多数人来说，阿里是难以到达的地方。那里大部分区域属无人区。海拔太高，土地太贫瘠，荒无人烟，不宜人类生存，所以，除牧民之外，没有人居住在那里。阿里是牧民的领地。

牧民能够在阿里生活。在这里，他们按照河流流入的方向，沿地球的轮廓行进。阿里牧民之所以能够在这里生存，是因为他们已经学会了像风一样流动。

对于生存来说，这样的流动是必须的。像风一样流动使他们避免了烈日的暴晒。在阿里，午后的太阳光像碎玻璃一样尖利。牧民随太阳一起移动寻找背阴处。他们懂得这一生存之道。他们已经学会了躲着烈日的生存方式，避免了没有必要的烤灼。

在阿里，你随时可以发现自己正在穿越海拔高达4000–6000米的边缘地域而毫无意识。覆盖着皑皑白雪的山峰矗立于沙漠之上。它们漂浮在地平线上，把天地连接在一起。在阿里，天空辽阔，一望无际。它无限延伸，四面八方都是深邃的蓝色。在穿越沙漠时，你被这种蓝色包围着。

伫立于阿里沙漠的风中，你会感觉自己就要跳入大海。在那里，很容易迷失方向。在海里，你可以游泳，可是在阿里不行，因为那是一片广袤的沙漠，与大得无法想见的峡谷交错。峡谷里有世界最高的山峰。进入了阿里就如同进入了人体自身的虚空。

水的源头在阿里，亚洲的江川河流源于此地。在夏季的烈日下，冰川融化，顺皑皑雪山流淌下来。夏季的太阳穿透了阿里冬季结下的厚冰。在冬季，阿里与世隔绝，除了狼群没有其他生物光顾这里。盛夏积雪融化，流过峡谷，穿过平原，形成湍急的水流，涌入低地势的河流。融化的雪水要流淌一年才能到达大海。这里是亚洲河流的发源地。事实上，亚洲的大江大河——布拉马普特拉河（我国境内称雅鲁藏布江）、恒河、黄河、长江、湄公河（境内为澜沧江）、萨尔温江（境内为怒江）——统统源自西藏的积雪。亚洲人民赖以生存的水源来自这里。从某种意义上说，印度教、佛教、道教的精神也来自这些神山。这片圣水滋养了亚洲的子子孙孙。你不用相信什么神秘的东西，只要稍微想一想就会明白——这是他们的水源。

古时候，人们徒步或骑马穿越阿里沙漠，前往神山朝觐。牧民至今仍保留着这种习俗。穿越沙漠，覆盖着皑皑白雪的神山从四面八方出现在地平线上。在午后烈日的烧灼中，这些雪山恰似飘浮的海市蜃楼。

那么多雪山从沙漠中冒出来，这根本就说不通。至少，我们以为，这样提出质疑是说得通的。向雪山靠近——雪山可能藏在云后。追随云朵，进入一片蓝色的海洋。海洋可能会变成紫色。走进紫色。

抵达那些大山的唯一途径就是驾驶吉普穿越沙漠。路好像没有尽头。大多数地方都没有路，只有两道车辙，可能是其他人开车来过，也许找到了路，也许没有。诀窍是别迷路。找到高草不再丛生的地方，那里便是沙漠开始的地方。

沙漠永无止境。时而，它是肥沃的红土，上面爬着隐居于石头下面的生物。时而，沙漠变成了沙丘。沙丘特别高，可以流动，但不等你找到就消失了。沙丘背后隐藏着平静的湖泊，湖水如同镜子，可以倒映出云彩。顺时针绕湖而转，要跟着牧民朝圣者。牧民知道怎么走，可以带你走到湖的另一边。另一边的沙漠更多。必须穿越这些沙漠才能到达你要去的地方。

不要仅仅因为这里没有人，就被迷惑了，以为自己是头一个来这儿的人。一直都有人走过这条路。他们也许已经忘了，而我们只不过是步人后尘，在别人画出的那些印子上再加一道痕迹罢了。

寻找乌鸦的叫声，那是线索。在有人侵入我们的大脑系统删除了我们的记忆之前，我们前世曾经见过的东西在记忆库中留下过痕迹。寻找过去发现过的东西的线索，它们也许可以解释，我们为什么来过，又为什么离去？或者，在动身去下一个地方时，我还能期待些什么？

假如没有把握，向过路的牧民打听。他们从来不会在

任何地方长待，待长了会产生错觉，从而使事情变得复杂。而我们，为了求得永恒，总是抓住错觉不放。牧民很久以前就知道，没有什么东西是永恒的，这便是他们选择当牧民的原因所在。他们不购买保险，因为没人能保障他们。所以，他们不停地迁徙。

穿越沙漠，沿着他人走过的路前行。走过那条路的人，有的已经忘记了，有的已经走失了，有的却从未走完。他们的影子还在这里，而他们却不在。有人在岩石上刻下六字箴言——唵嘛呢叭咪吽——表示他们来过，又走了。他们从未回来过，甚至没有回头看一眼。他们无怨无悔。什么原因呢？坐在沙漠中，思绪随风飘扬之际，他们记得，在走向地平线之前，要等太阳最终把那些错觉统统拖到地平线上。

他们走过的这条路，在海拔 5000 米的高处伸展着。在这一海拔高度，人们很容易认为沙漠只是一个幻觉，只是峡谷的表皮而已。峡谷穿透了这层表皮，像一把利剑，插入地下。刺穿你的皮肤，然后假装地球在被峡谷穿透地表时没什么感觉。现在尝试穿越沙漠吧，沙漠会变成一道可以进入的峡谷。然而，一旦进去，你永远也无法再离开。那么，这是你进去的原因吗?

此时此刻，我陷入沮丧。方向好像不确定了。别担心，别在意。如果迷失方向，拿出旅行指南，把它撕碎，抛进风中，看看纸屑朝哪个方向吹。

没有人真想继续前进，穿越沙漠。那里没有手机网络，也没有上网的插座。“黑莓”手机会被裹上沙砾烤成“蛋糕”。我们用来定义自己的生存现实的所有基本装置在这里

都没用了。这么说，我们所定义的那个现实根本就不是现实。如果我们看不到国际报纸，也许就没发生什么值得报道的事情。如果某件事没被报道的话，它真的发生了吗?

现在，请把错觉、扬尘之类的东西统统抛开。股市行情、石油衍生物的未来，还有货币报价，这些东西定会及时出现。如果沙漠只是个错觉，不是现实，那么，是我们心中的路堵住了吗? 可万一沙漠是真实的，怎么办? 我们是不是一直在阻断心路?

自然反应告诉我必须尽快离开这个地方，而最快的方式就是折回到来时的路上——那两道车辙，两道根据太阳的行迹而形成的车辙。然而，已经走这么远了，真的想这么回去吗?

在沙漠的那边，还必须翻越大山口。那里空气稀薄，呼吸困难。有时候，你会感觉恶心而呕吐，胃里翻江倒海，嗓子干燥难耐。其实，这并没有什么，只是大脑一时缺氧而已。死亡好像在渐渐逼近，但却从未真正到来，因为你觉得非常清醒。

高原病的症状就是这样。如果谁想动得快一点儿，就会大口地喘气。因此，动作要慢。所有的节奏都要变得缓慢而从容。事情发生了，却感觉没发生一样。因此，在阿里，什么事情也没发生过。

在阿里，很容易忘事儿。由于海拔高，空气稀薄，人的意识游离于躯体之外，而人的思想则从意识中分离出来。

那些事儿，只不过是经过筛选的某些特殊时刻分崩离析后留下的一些残余而已。时空的概念，只是构成某些事的基本单位。那些事发生了，过去了，现在已经烟消云散了，和你的躯体一样被落在后面，在沙漠的某个地方独自沉思去了。

记住你已经把它丢弃了，然后忘掉你把它丢在什么地方了。不要试图再回到那个地方，去寻找你的躯体。你找不到的。这不成问题，所以不要太担心，就把它丢在那儿吧，它本应该被忘记。

警告！把一切都放下！就丢在那儿吧。怀着了结一切的心情，把所有的一切从盒子里拿出来，在你面前的沙地上摆开，就像在游戏开始之前把一副扑克牌摊开一样。仔细检查每一张牌。记住，游戏开始之前要把牌上的数字统统忘掉。等待片刻，风会把所有东西都吹走。现在，该穿越阿里沙漠了。

按照风移动的方向，调整好呼吸。在这里，想看空气有多稀薄，最好用肉眼，方法是对着耀眼的阳光举起一条薄薄的金色哈达，然后，让哈达飘入微风之中。哈达轻如雀羽，可以飞起来，然后消失，而且再也找不到。这说明阿里的空气稀薄到了几乎不存在的地步，它甚至比照在哈达丝线末端的光还要稀薄。

当风的影子最终消失于天沙一色的地方时，远处的地平线就忘了现身。要遵循的方向黎明时才会清晰起来。所以，

等待黎明吧。晨光中风吹往的方向就是你要遵循的方向。

而等待如此痛苦。痛苦的等待与战战兢兢的狼嚎形成共鸣。夜晚,狼无事可做,一个劲儿地嚎叫不止。如果烦了,不妨顺着风向，追逐一下渡鸦的狂笑吧。

在阿里，渡鸦因食用动物尸体而肥大，所以飞不高，都是低飞，贴地面飞行。因此，他们天生就了解风的方向有多么的不确定。

多听一会儿风声，它可能会在你脑海里回响，就像是一只锤子在反复敲打。有人可能认为，这种头痛只是高原反应。而有人则可能会说，这是前世今生所构建的一切土崩瓦解的声音——所有的想当然都土崩瓦解了。

这就是我对阿里的感受。风声穿透所有的意识，如影随形，从不会离你而去。感受风在你皮肤上爬行，如同未曾谋面的恋人那温柔的爱抚和轻柔的呼吸。即使包裹在一层一层的毛衣、皮夹克和围巾之中，你还是能感到她无处不在，用她的舌头舔着你的肌肤。因为在这里，根本无法躲避风声。即使提醒自己别去听她，她依然逗留于此，不肯离去。在阿里，风就是这样，永无休止。假如风停了，你会感觉冷。

沙漠

“在这个地方之外还有另一个地方，那儿是一个没人涉足的地方……如果你找到那个地方，继续走，一定不要停下，因为不曾有人到过那里。”

——《香巴拉经文》

几个星期过去了，没有电子邮件，也听不见手机铃声。即便有邮件或电话，也没有用，在阿里根本没有网络。

割裂的过程就像打碎一面镜子。一度认为很重要的事情变得毫无意义。试图让破镜重圆是没有用的。我们驾车进入沙漠，而让镜子在岩石上摔得粉碎。

“永恒是没有必要的。你最好忘记永恒，不要相信它。如果你相信永恒，久而久之，就会像天天照镜子一样。你以为一切都没有变。其实，这只不过是一种错觉，如同你映在镜中的影像一样，是一种错觉而已。一块薄薄的玻璃，如此脆弱，很容易就会被打碎，四分五裂成细小而尖利的碎碴儿，无法再映出影像。”

进入阿里沙漠的第二天，我把上述文字写在了便携式电脑的日记簿上。写完后，我把电脑扔出了车窗外。我们驾车离开，把电脑留给了那片沙漠。

旅行指南警告说，任何试图穿越这片沙漠的人都会发疯。它会影响人的行为，会将一切没有必要的东西从你的头脑中剔除出去。究其原因，可能是因为长期风餐露宿。风将吹去尘土。

想象你在照镜子，然后把镜子打碎。阿里的沙漠就给人这样的感觉。它让你的头脑经历同样的过程。它把我们被告知应该去相信的一切统统拿走，然后就那么统统打碎。

指望捡起这些碎片就如同在移动的沙丘里寻找一台电脑，找到时，也已经没用了。

太阳升起时最能理解这种感受。你会感觉到太阳的灼热，你的面孔会被太阳灼伤。藏族牧民的面颊就总是那样，通红通红的，好像他们曾经被按在太阳上一样。

他们的面颊之所以通红，是因为他们总是只将笑容暴露在外，从不肯脱去厚重飘垂的长袍，不管沙漠有多热。他们不怕热，就怕被太阳灼伤。从某种程度上说，他们那宽大的袍子就像帐篷，身体躲在里面，避开了灼热。有袍子遮掩，身体感觉凉爽。

所以，要待在阴凉处。跟着太阳走，人肯定会发疯。在起程前，他们就警告过你，在旅行指南上，在沿途能找到的一星级餐馆和家庭旅馆名单边儿上，白纸黑字，清楚地写着呢。

一条蜿蜒的道路穿行在沙尘之中，沙尘，没完没了的沙尘。还有风，还有太阳。你当然会坚信自己已经来到了地球的尽头。你的想象力也只能到这儿了，再也无力延伸，除非你在日落前盯着地平线上的阴影看。阴影以外的地方什么也没有，只剩下地平线，而地平线也已经与太阳一道渐渐消失了。当你打算去那儿的时候，可能为时已晚。

千万不要试图与阴影赛跑，去追赶太阳。如果你那样做的话，几乎可以肯定，你就要彻底发疯了。发疯的原因可能有多种——脱水、日晒时间过长、缺氧，还有高原反

应导致的眩晕，因为你是在海拔 5000 多米的高原上旅行。然而，别担心，不需要就诊。这里可没有穿白大褂的医生来诊断你哪儿出了毛病，也没有律师来判断医生哪儿做得不对，更没有媒体来报道这些，因为没有目击证人。所以，看上去就好像什么都没有发生过一样。

如同倾听打碎玻璃的声音，但却没听见一样。通过整个儿打碎的办法把某样脆弱的东西拆得七零八落。那种感觉，是你我在那栋办公大楼里上班时每天都想干，但却就是不能干的事儿。想想看，如果我们干了，人们会怎么说，怎么想?

社会秩序也一样——不过是一些镜子制成的玻璃金字塔而已，镜面上映出的实际上只是玻璃金字塔自身的投影。事实上，我们的社会现实、经济现实的整个构架是一种虚构，并不是现实。我们之所以承认它是现实，是因为我们不知道还能拿它怎么办。

我们营造了这个虚妄的现实，无法把它拆得七零八落。那么，打烂它不就成了吗? 也许这么做了，我们就能从头开始。难道，不是该从头开始的时候了吗?

想象一下那打碎了的玻璃，它最终散落得到处都是，碎屑细小，甚至到了无形的地步。如果你把它们放到珠宝商的柜台底下，也许，它们看上去会像精美的钻石一样，等待某位名流把它们戴在身上，出席某个高雅的活动。其实，玻璃分解到这种地步，已经还原到了它最初的状态，即沙

子的状态。

那么再想象一下出席晚宴的名流们提着沙砾手袋的情景。这么想可能有点儿过了，但是这儿的确有很多沙子。风转向时，沙子被吹得四散飞扬。事实上，整个沙漠都是由沙子构成的。走进沙丘，我们会发现，我们原本以为构建得非常精心的那个构架，可以轻而易举地崩溃。原因在于，那个构架原本就不存在。

走进沙漠后，风会掩埋你的行踪。这意味着，想沿着来时的路回去是不可能的。因此，在这个时候，很容易迷路。你坚信途中有各种标记和熟悉的物体可以仰仗，但那些只不过是错觉而已。你很容易以为所有的方向都很清晰，但实际上，你在抵达这个没有标记的地方之前，就已经迷路了。最初，是风向把你带进了沙漠。所以，要记住，如果你不想迷路，千万别忘了跟着风行。

这是牧民教给我的方法。他们高高挂起经幡，察看风向。等经幡被风吹走以后，他们会顺风而行。太阳下山前，围着火堆，他们给我们倒茶喝，并讲解说，想知道该往哪儿走，唯一的办法是追随日落前一刻升起来的阴影。风能够清醒头脑，找回分散了的思绪。到那时，方向会有片刻的清晰。

日落后，云起前，趁着满月反射出的白光，像狼一样奔跑。只有当月亮被云彩彻底遮蔽之后，黑夜才真正降临。夜晚过后，太阳从东方升起，方向再一次清晰，但那清晰只能维持片刻。而那片刻尤为重要，那是该启程的时候了。

我渐渐适应了阿里的白天，这才意识到，阿里最酷热的时候不在中午，而在整个下午。当太阳穿过阿里沙漠时，它的光线像雨一样，形成彩虹，却不见一丝薄雾。太阳光变成万花筒，在你心灵深处驻扎。万花筒瞬息万变，但却久久不去，直到你入睡，也只在梦境变得混沌之时，才会散去。这意味着四面八方都有沙暴肆虐，此为风所致。

往沙地上倒水，看着水消失，这比试图观察岩石生长要简单得多。也许，这是修行的捷径。所以，别总盯着岩石不放，否则，渡鸦会认为你疯了，会从四面八方飞来，聒噪不休，直到你明白自己必须动身为止，继续前行。

我突然意识到，一直以来，我买股票、储蓄，花了那么多钱，伤了那么多脑筋，其实毫无意义。我们所学、所信的那些全球经济模式都变得无关紧要了。不该是这样啊。但是，在这里，所有的一切都被简化了，简化成最最简单的结果。你死了之后，抵押一切买来的大房子会变得空空荡荡，跟这片沙漠没什么两样。

在沙漠这样的地方，我们真的可以清理头脑，开始思考。也许，我们还会对所有的一切提出质疑。这就是沙漠对你的影响。它把我们头脑中的电子信箱里所有的内容统统删除了。

设想在一间儿童屋里，有一个装着破旧玩具的盒子。孩子已经长大了，移情于他物。但是，大家都懒得把它们扔掉，于是玩具继续存放在盒子里。不要扔掉它们，把这

盒玩具给孤儿送去。但是记住，把盒子带回来。用空盒可以装新的东西，而我们还可以用那东西做些有意义的事情。

现在，我知道你会说些什么。有关空盒子以及孤儿的话题纯属无稽之谈。你是这么想的，对吧？所有这些联合国儿童基金会的话题都是给非政府组织听的，对吧？当我们不得不操心如何把盒子都填满的时候，谁有工夫考虑怎么把盒子腾空啊。国民生产总值的增长、股票市场的指数，我的同事们买来填充自己车库的小汽车，还有八国集团在世界经济论坛上确立的普世价值观，这些才是让世界经济得以运行的东西。

除非你是僧侣、素食者，或者正在上瑜伽课，否则，所有这些有关盒子装得太满了的话题根本无关紧要。你是这么认为的吧？我就知道！这没什么。你只要平静地用你的“黑莓”手机把这个想法编辑成短信，别写错别字，然后把它发出去。发给谁不重要。只要发了就行了。现在，做完了这件事，让我们从头再来吧。

想一想卫星接收盘。无线电磁波通过天线到达接收盘。这种功能之所以成功是因为接收盘是空的，因此人们才称其为接收器。它具有接收的功能。假设接收盘上布满没用的静电，假设它像一口中式炒锅一样装满了炒的东西，那么盘上就会负荷过量的静电和辣椒油，阻止接收器发挥作用。一样的道理，要想令大脑具有接收信息的功能，就必须腾空它。

当你开始这样思考问题时，他们会向你保证，一切都结束了，你完蛋了，不用找借口。指南上，告诫比比皆是，表述清楚，且笔画都是粗体的。即便是俱乐部里傍晚时分举行的鸡尾酒会也救不了你。想想看，你已经失去了对购物、股市行情和体育新闻的兴趣，已经没什么好谈的了。你终于与现实隔绝了。精神病学分析家绝望地向空中伸出两手，因为保险公司不再支付账单了。到那时，你就都想通了。

真的没有什么必要再把你带回来，这是因为你最终到达了那个叫“不归路”的地方。关于这一点，旅行指南上

都告诫过。一切都写得那么清楚,什么都解释到了。离开前,你有没有查阅指南后面的词汇表?那些要点是缩写形式的,其定义如同穿越沙漠前用沙子画出的线条。

湖泊大山

“有一个大湖，湖水是白色的，非常冷，冷得流入地狱。虽然这么冷，却不结冰，但比冰还冷。谁碰了它，谁就会被冻伤……因此，去转雪山吧。许多人都在那里修行。”

——《香巴拉经文》

我们已经来到了毒药湖。车到这里抛锚了，可能是因为湖中的毒药，也可能是化油器中进入了太多的沙子。格明打开了车子的机箱盖。

我打开《香巴拉经文》，教他先别修车，帮忙看一段话。他念道，“在没人去过的地方附近，有一个叫次带（Tsi Dai）的大湖。如果你碰了湖水，手指就会立刻烂掉。没有人能渡过那个湖。”

“那么说，这一定就是毒药湖了。你觉得呢？”

“实际上，这个湖不叫次带，而是叫挞克错（Tok Ckok）。”他不屑地耸耸肩。然后，他想了想，“其实，藏语的‘tok’是毒药的意思，‘ckok’是湖的意思。真实的情况是，该湖的含碱量过高，湖水不能饮用，也不能下湖游泳。湖水的酸度很低。我们必须绕行。”他承认道。

在这里，我们把车停在沙丘通往湖泊的地方。湖水出现在沙丘旁边，这是绝对没有道理的。沙漠里本不该有湖水，或者说在沙漠里你根本想不到会有湖泊。

可这是阿里，奇景异貌并存之地。它撼动了人们关于哪儿该有什么、哪儿不该有什么的先入为主的观念，因为在阿里，所有的东西都移了位，就好像一个孩子在活动室里玩儿，把所有的玩具都拆了，然后再把它们胡乱组装一番。孩子的做法从来不会受到“正确的方法该怎样”这类成人

偏见的困扰，因为原本就没有什么事情是必须按照某种特定方式进行的。

这里的湖泊也是这样，相互并置在一起。这一片湖是个好地方，我们可以在湖边深呼吸，饮一口湖水，还可以打满一水瓶。这里有些湖水纯净得喝上一口神清气爽，而有些湖水则有毒。想想它们之间如此之近的距离，再想想它们之间水质的天壤之别，说不通啊。

又行驶了几百公里，我们来到了魔鬼湖。在阿里，人们谈到公里数时是这样的，“噢，那地方不远，也就三五百公里吧。”对格明这样的藏族司机来说，这点儿里程不算什么，开车行驶五百公里在他心里就像是去附近的一家杂货铺买一品脱牛奶，或去买一份报纸一样。在阿里待上一阵儿后，人就会像那样看待距离问题。

藏族人把它叫魔鬼湖。湖上总是乌云密布。人不能在这儿待得太久，因为这儿很冷，而且经常下雨。

魔鬼湖没有鱼，原因可能是湖水含盐量或含碱量太高。对此，藏族人有不同的解释。他们说，这片湖与大黑天金刚护法玛哈嘎拉有关。玛哈嘎拉是一位受藏族人民爱戴的保护神。通常他的形象是长着六只手臂，每只手臂都握着武器，青面獠牙，一副愤怒的面孔，鼓着肚子，两只结实的脚踩在象头人身的死尸上，象征着践踏愚昧。

但是，玛哈嘎拉最初与卡里相关。卡里是印度的毁灭女神，“卡里纪”或“毁灭时代”由此而来。

香巴拉经文描述道，“在这里，湖周围的人们正从事着可怕的勾当——进行恐怖活动。”因为没有人烟，魔鬼湖显得特别宁静。但是，它与卡里的关系仍然清楚地表现了出来。沿着卡里的踪迹，我们应该可以到达香巴拉。至少我是这样想的，喇嘛也是这样说的。香巴拉出现于卡里之后。

就在魔鬼湖湖边，翻过一个长着小草的土堆，说土堆是因为它不能算是小山，但又比斜坡大，还有另一片湖，叫神湖。这样看，两湖几乎是阴阳相交，相伴并存。神湖湖水清澈洁净。藏族有个传说，会飞的天使曾经把佛祖的母亲带到这里，临盆的她用湖水清洗了子宫。这片湖水特别地纯净，满湖都是鱼。

《香巴拉经文》也描写了这个神湖，“湖边有许多洞穴。洞穴中，你会发现许多修行的隐士。没有办法穿越冰冷的湖水。”

“这儿有隐居的喇嘛吗？”我问格明。

“实际上，一直都有，但不一定能遇得见他们。不过有一点可以肯定，他们不愿见人。这是隐士的本性。正因为如此，他们才当隐士。”

格明说到这儿，指着《香巴拉经文》中的另一段话说，“有一些印度大师，一生中可以多次走遍世界。他们哪儿都去。”说着，他回忆起另一次旅行，“一次，我遇到一位来自印度的瑜伽修行者，在这里已经待了一段时间，实际上，有许多印度人来这里朝拜神湖、魔鬼湖，特别是朝拜冈仁波齐神山。我们能见到不少隐士，特别是在冈仁波齐神山。冈仁波齐神山对印度教徒和佛教徒来说，都很神圣。”

我惊讶地问，为什么对二者都很神圣呢？

格明自豪地说，“冈仁波齐山是世上最神圣的山，对于印度教徒和耆那教徒来说，冈仁波齐山是湿婆神的居所。对于藏传佛教徒来说，它是圣瑜伽士米拉日巴的修行之地。有些佛教徒感觉它代表着须弥山，是宇宙的中心。在某种程度上，这说得很对。神山是四大河流的源头——印度河、雅鲁藏布江、萨特莱杰河、恒河。”

接下来，看着经文，格明指了指另一行字，“香巴拉在须弥山之北，而我们的世界在须弥山之南。这些湖泊在冈仁波齐山的正南。明天我们就能抵达神山。”

许多来转冈仁波齐神山的朝圣者都会以拜访天葬台为

起点。在那儿，他们会寻找没被白鹰吃光的尸体，然后躺在天葬台上，挨着死尸，有时还会在死尸间打滚。这是因为，他们知道，当死亡降临时，他们的身体也许离冈仁波齐神山很远，而他们希望自己的灵魂能清楚地记住回到神山的路。

在西藏的天葬台上，没有什么东西会被纪念。没有标示、牌匾、石棺，也没有石刻的十字架。事实上，这儿也没埋什么人。它只是一个台子，上面摆上尸体，供白鹰享用。在这儿，人人都是平等的。要说有什么不平等，那只有碧蓝的天空高人一等，因为它像大海，没有办法抓住，也没办法抱住。伸出双臂去碰它，天空会跑开，在高处嘲笑你。它总在那里，碧蓝得刺眼，除了蓝，就只有蓝。

我们的吉普穿过一段平坦路面，朝冈仁波齐神山行驶，路上，格明给我讲了天葬台的故事。到了天葬台——一根扎着经幡的杆子就是标记，杆上的经幡在风中摆动——他的话题转向了死亡和垂死。

“对我们藏族人来说，我们宁愿天葬。看，这天葬台一直都很干净，上面什么也没留。白鹰（藏族人称其为‘圣鹰’，实际是秃鹫）吃掉并带走了剩下的一切。用我们的血肉喂白鹰是最后的善举。想想看，自己饿了几天没东西吃，有人过来给了一块面包，你也会非常高兴。白鹰也是如此，会非常高兴。因此，我们把尸体给了它们。就这样，生命在慈悲的轮回中善始善终。要是天葬台上没有死尸，也就看不见白鹰，因为它们飞得很高。”

我思索着天葬。坐在冈仁波齐神山巨大的岩石板形成的天葬台上，我试着呼唤白鹰——我想与它们交流，想弄清它们的想法。它们不理睬我——可能就不想飞下来，不想停下来对话。

白鹰以尸体为食，并把剩下的尸肉带到我们所能想象出的最远的地方。它们如此擅长此道，翱翔于天地之间，充当信使。它们相信，逐风是一门艺术，很少有谁能掌握。这门艺术，只有在高原才能学到。

白鹰来享用丢弃在天葬台上的尸体。人们把尸骨当做供品献给白雪皑皑的冈仁波齐神山。只有白鹰记得如何飞往供品所在的地方。但你要询问尸骨供奉的地方，它们会佯装忘记，而四散飞去。这不是因为慌乱，而是出于蔑视。实际上，白鹰不想告诉你什么。有时它们会大笑，因为它们已经把尸体享用了。

一个灵魂

“用血给一个女子画像……她手持文殊利剑，身着人肉衣裳。对着她的像打坐冥思……告诉她，‘我为所有生灵而赴香巴拉’……然后过河……这里空无人烟……

——《香巴拉经文》

在对称的白色金字塔形的冈仁波齐神山前，一块宽大的石板平卧于峡谷盆地，这是朝圣者围绕冈仁波齐神山转行的起点。大石板是一个天葬台。

根据藏族人的习俗，人死后尸体被送到天葬台，由天葬师处理后，供白鹰食用。对那里的人来说，让白鹰尽情享用自己的尸体，被看做是他们最后的善举。白鹰从云彩上落下，离去时会把你带走。

我在天葬台遇到了一个女子。她脸形瘦削，神情凄凉，厚厚的黑发勾勒出她的脸庞，在头顶上打了许多发结，头发上以牧民特有的方式戴了一颗颗大大的绿松石。她满脸透着西藏高原的淳朴善良。在西藏高原，走进牧民帐篷的陌生人会受到酥油茶、鲜酸奶的款待。帐篷主人不知道陌生人的来历，也不问任何问题。陌生人离开时，也不索要钱财。

那女子和我的年龄差不多，40来岁，大大的眼睛，表情忧伤。第一次遇见她时，我推测她已经有孩子了，但不能肯定，只是有这种感觉。我们聊了好几个小时。实际上，我们根本没有说话。她已经不在那儿了。

她是头一天抵达的，她的家人也来了，还有孩子。他们只待了一会儿就离开了，她却留下了，但后来也离

开了。

直到她离去后我才找到她。我的脚下有鲜血，流进了天葬台上的裂缝里。天葬台是从冈仁波齐神山侧面水平伸出的一大块石板，像一把刀从大山的侧面伸出去，又平又宽，浑然天成，适合摆放尸体，供奉给白雪皑皑的冈仁波齐神山。

虽然天寒地冻，但血液是热的，流淌在石板的缝隙间，一小块儿一小块儿地闪着光。那些缝隙是风雨长期侵蚀的结果。

在这里，我发现了她的塑料身份证，是她满十八周岁时，所在地方公安局首次颁发的。后来，随着她年龄的增长，身份证换过，印上了新照片。再后来，身份证又换了一次。现在，那身份证被两根野草夹着，随时会被风吹走。我拾起身份证，看着。照片是黑白的。透过照片，她正在盯着我看。来自神山的意识悄悄地爬进了我的大脑。除了身份证，这女子什么都没留下。

感到一阵困惑，我想记下她的姓名和身份证号码。但她不许我那么做，我能听得见她的声音。她不让我记下这些东西，说那些东西没用，她家里人已经把她留在了这里，她要的就是这样。她的家人没有保留任何东西，我为什么要保留呢？事实上，我根本不认识她。没必要用这些信息去填充笔记本、电脑或数据库。反正总有一天，所有的统计数据都会变得无关紧要，所有这一切都会被删除，所以，她认为，记下任何东西都是没有必要的。

我把她的身份证压在了一块岩石下，为的是不让风吹走。对于冈仁波齐天葬台这样的地方来说，我这个动作也许太像是在追求永恒了。我不希望身份证被风吹走，好像无人在意一样。那样的话，好像过于短暂了。其实，即使把它放在岩石下，对她也无济于事。

她提醒我，没有理由保留她的姓名和身份证号码，把她的身份证放到岩石下就足矣，并且要忘记存放它的

地方。

她走了。我伸出手，想找到她，但只能感觉到一绺绺儿的头发编成长长的发辫，躺在衣服旁边——所谓衣服，实际是白鹰撕咬下来的一些碎布。

我呼唤白鹰，想询问她的去向？一只白鹰从山上飞向高空，嘲讽般地哀号着，好像在提醒我说，我的肉也会被吃掉，就在不久的将来。它笑道，“闭一会儿眼睛吧。等你睁开眼睛的时候，命就没了，到那时，我们又可以饱餐一顿了。”

我问白鹰她的去向，白鹰不答，一个劲儿地往高飞，提醒我她已经不在了。它告诉我，白鹰从不落地，只落在天葬台上。天葬台高耸陡峭，白鹰把尸骨从那里带到空中，然后飞往更高的地方。

于是，我把她的身份证放在岩石下，然后开始寻找她的东西。她的东西都在那里了，在被白鹰留下的地方。塑料手镯散落在地，看来白鹰不在乎这些东西。

于是，我要白鹰告诉我头一天发生了什么。它忆起了那一场盛宴……

天葬师处理完尸体后，召唤白鹰来进餐。他们细心地挨个呼唤鹰的名字，低语一声就足够了。天葬台上的每一只白鹰都有名字，且性格各异。有的鹰喜欢多吃，而有的则消化不良。

白鹰是这个地方的守护者。它们认得这些天葬师，在没有被死亡之声和那些思念亡灵的人们流露出的悲伤吓到时，它们可以看出天葬师的心理状态。悲伤离去后，魂魄因不知何去何从而紧抱天葬师的衣袍不放，直到白鹰到来。白鹰听着，等着自己的名字被天葬师呼唤。有一天，这群白鹰也会把喂养它们的天葬师吃掉。

死者的营养滋养着白鹰，这才使得它们的羽毛洁白如同冈仁波齐神山上柔软且如水晶般富有光泽的白雪。白鹰享用完毕后，就飞回了冈仁波齐神山。它们的羽毛随雪花飘舞。

当风向变化，经幡朝着不定的方向飞起时，冈仁波齐神山上打坐冥想的喇嘛们在内心深处可以看见白鹰，如同白纱的影子一般。

白鹰先落到天葬台上，然后飞往四面八方。它们叼着别的鹰落下的肉，把肉带进风中。不要试图随风而行。它会误导你，让你相信自己的灵魂永在，这样只会造成困惑，最终让你失望。

我找到了她的塑料手镯。手镯颜色斑斓，有紫色、绿色、紫罗兰色和蓝色，又亮又新，一定是她死前不久买的。也许，这些手镯是她所拥有的最昂贵的财产了。也许，这东西一点儿都不值钱。手镯已经散开了，但还留在一处，那里还留下了她的几绺头发，编成长长的发辫，还有一些

衣服碎片。边上还有一只喝酥油茶的木碗。这种碗通常是藏族人出生时得到的礼物，往往会被携带终身。我们说话时，我还能感觉到她的呼吸，在她那渗着血的嗓音中，依然鲜活。

我们在一起坐了一会儿，她还用从儿时起就一直在用的碗喝了酥油茶。她给我讲述了她浪迹高原的生平，记起她儿时住过的一个牧民帐篷，里面弥漫着燃烧牛粪饼的黑烟，温暖的帐篷抵挡住冻结大地的寒风，那风如同飓风一般横扫高原。

牧民的生活是艰难的。后来，她搬到了一个村庄，在那儿结婚成家，生下了很多孩子。经历了悲伤、痛苦、幸福，后来患病。她已经病了一段时间，咳得很厉害。她所求不多，只是要求最后一次拥抱了她的孩子。然后，她就提出到冈仁波齐神山上的天葬台，献身白鹰。

那是一条漫长的朝圣之旅，家里本没钱前往，但还是设法攒了些钱，把她带到了冈仁波齐山。然后，家人登上归程，过草地，翻雪山，回到来的地方。那是她曾经居住过的地方，是她儿时笑过、成人后哭过的地方。她再也没有见过他们，因为白鹰已经开始吃她的身体了。思绪转向了冈仁波齐神山上的皑皑白雪。

回忆到这儿，她喝完了茶。严寒之中，在初秋阳光的照射下，那酥油茶已经干了。她把木碗放在一边，然后离

去。我想了一会儿我们的谈话，尽力记住一切。然后，我试图寻找她，心想也许能把她带回来，但她已经随着雪花飘零了。

宏大的战争

“前方有无数的妖魔和恐怖，但只要反复吟诵经文，你就能克服它们。”

——《香巴拉经文》

“想想那些岩层，曾经都是海底沉积物，还有周围的宇宙。”格明对着峡谷地层点点头，说道，“我们的宇宙只是无数宇宙中微不足道的一个小角落而已，试图计算地球的年龄是没有意义的。”格明的语气很平实。确切地说，在他看来，试图用万古、纪元之类的词来确定时间顺序的想法毫无意义。所有这些岩层只是在提醒我们，人类不过存在于一个极其短暂、极其有限的时间段里而已。作为藏族人，格明骨子里就明白这一点。

“那么，你的意思是说，人生短暂而藐小，与昆虫没什么两样，朝生夕亡。生命终结的时候，我们所做的一切都无关紧要了，因为实际上什么都不曾发生过。对吗？”

格明说，“抵达古格后，向你自己提这个问题吧。”

古格，西藏的特洛伊，一个消失了的王国的废墟。古格就那样消失了，没有人知道它消失的原因。相关的故事很多——古格与克什米尔之间的大战可能性最大——我问哪一个是真的。

“除非你去过古格，否则，这些故事毫无意义。”格明坚持说，“等你到了那里，故事就更没意义了，因为到那个时候，你自会明白古格意味着什么。”

欲前往古格，需经过沙漠。古格像一座摇摇欲坠的金字塔，从布满红色岩石的土林峡谷底部冒出来。整个峡谷中，所有的崖壁上都被挖了很多洞穴。显然，那些洞穴曾经是居所。如今，居所已逝，只剩残垣。它们位于王国中心地带的侧翼，早期曾经是卫星城。

古格的风貌被印在明信片、相册上，在拉萨城内到处出售。在大多数人眼里，古格不过是建在山顶和崖壁上的一片寺庙和宫殿群而已。其实，那只不过是庞大的古格王国的中心部位。古格王国曾一度囊括了整个土林峡谷。

在《香巴拉经文》中，有一段关于香巴拉宫的描写。须弥山上有一片建筑，门窗交错，灯火通明。它是佛教宇宙的中心，从那里可以看到四面八方——四大洲被水和皑皑雪山环绕——下面是火和风。为了抵达古格，我们已经翻越了雪山口，渡过了交错的河流，绕过了大片的湖泊，穿过了赤日炎炎的沙漠。当然，风无处不在。

我开始想起尼玛次仁的话，进入曼佗罗，拆散它，然后再复原它。第一道环是风，接下来是火、水、土和须弥山。山顶上是无量光佛宫殿。难道古格是香巴拉王国?

古格的轮廓在晨曦中升起时，我正试图在脑海中把已经七零八碎的东西重新拼接在一起。我们穿过一段斜坡，有红土从吉普车轮胎下溅起。

看上去，古格中央政府的建筑群好像也建成了环状。主山脚下是军官的住宅。他们守卫着古老的王国。第二层是贵族的家。寺庙建在中心部位，而国王的宫殿在寺庙的正上方。

我的第一印象是一个问题，在当时，究竟是政治自上而下统治宗教，还是政治以宗教为基础，通过宗教获得公信力，以实施统治？接着，我又联想到第二个问题，今天的情况又如何？

沿着一条蜿蜒、狭窄的烂泥路往上走，感觉好像古格的一切都在退化，古老王国的废墟看上去像一座正在融化的冰淇淋城堡。

走进寺庙的黑暗之中，我的眼睛适应着从屋顶的窗户中透进来的光线。那光线落在寺内的壁画上。那些壁画与我以前见过的所有壁画都不同。它们好像是融合了不同的风格，有克什米尔风格、尼泊尔风格、莫卧儿风格，甚至还有伊朗风格。这些风格融合在一起，不知怎么，就形成了鲜明的西藏风格。

我发现自己正目不转睛地盯着，或者说被来自四面八方的眼睛盯着。盯着我的是菩萨的雕像，这些雕像面朝里对着大殿。雕像的手臂被当年的红卫兵砸断了。那些红卫兵凭着热情，曾穿越阿里的沙漠，翻越阿里的雪山，来到了古格。如今，贪婪和拜金主义几乎压倒了理想和信仰。古玩商们仍在继续着亵渎神灵的行径，这次是为了金钱，不是意识形态。造成的损失毫不逊于疯狂时代的毁坏。

在这个大殿的一个角落里，坐着一个瘦削的男子，嘴唇上和下巴上都留着胡子，只是下巴上的胡子有些稀疏。那男子被香烟的烟雾裹住了。有那么一阵儿，我差点儿把

那香烟错当成了焚香，冉冉升起混入透过屋顶的窗子照进大殿的光线之中。

“这些壁画有900多年了。”他用一种低沉、沙哑的声音说，嘴里吐着烟圈。他叫韩兴刚，从一幅他正在精心修复的壁画前走过来，又抽了一口烟，烟雾遮住了他那蓄着长发，留着胡子的面庞，头上还戴着一顶棒球帽。

韩兴刚只身和他的一位藏族同事在古格一干就是20年。除了修复壁画，他还制作精确的复制品，交由北京国家文物局收藏，以记录这里的宝藏。韩兴刚做这件工作不辞劳苦，但却怀疑，甚至害怕这些独一无二的复制品已被一些官员出售给了私人收藏家。

想到韩终其一生抢救一个宝贵文化的遗迹，最终却可能徒劳一场，这些遗迹在一些贪婪的官员眼里可能跟其他东西没什么不同，可以迅速地卖了换钱，我们对韩深感同情。我意识到，韩本人差不多已经变成了一个僧人，舍弃了生活中的一切，一个人孤苦伶仃地坐在古格这座与世隔绝的庙宇中，专心致志、小心翼翼地修复和保留着某些东西。这是一件决不会为大多数人所羡慕的工作。韩一定曾对他工作的徒劳性感到迷茫而不知所措，甚至有被遗弃的感觉。

“你当然会感到被遗弃，这里就是一个被遗弃的地方。”我说，“这儿没什么人吗？连藏族人都没有？这是什么原因呢？”

“他们害怕这里。”他解释道，不住地吸烟，“人们还是害怕到古格废墟来。”

“为什么？”

“人们希望躲开自己害怕的东西。”他朝从屋顶射入的光线吐了口烟雾。除了透过外面的大门悄悄爬进来的那点儿光亮之外，从屋顶射入的光是唯一穿透殿内黑暗的光线。这点儿光线照亮了他半边脸，另一半则笼罩在香烟的烟雾之中。“这个王国毁灭的原因至今还是个谜。”他说，又深深地吸了口烟，“他们不知道为什么会这样。人们害怕自己不知道的东西。”

韩回忆起他第一次来到古格的情形。“当然，这儿没什么人，一切都被遗弃了，只剩下一位上了年纪的守门人。多年来，他是唯一被政府分配到这里看护、守卫古格废墟的人。这地方太与世隔绝了。那时候，压根儿就没有人来，所以，派一个人来守卫这片废墟好像就够了。”

“一个人在这么大片的废墟上，肯定孤独得要命。”我惊叹道，一边扫视着我四周越来越暗的殿堂。

“没错，那是一个寂寞的工作。”韩叹息着，无奈地摇着头，回忆起他已经去世的朋友，“但是他一点都不在意这种寂寞。他几乎慢慢地觉得自己也成了废墟的一部分。实际上，他无法离开。”

“为什么不能离开？”我问，“是不是那时候没有吉普车带他出去，或找不到出去的路？”

韩在烟圈中摇摇头，低声道，“不是，真正的原因是，

无头士兵不让他走。”

“什么？”我插话道，“你是说‘无头士兵’？”

“对呀！”韩继续说着，泰然自若，“他刚到古格时，睡在废墟边上搭起的一个窝棚里。在没有月亮的夜晚，夜风扬起沙尘，他在睡梦中听得见马匹在黑暗中嘶鸣，睡醒时又不能确定是否真的听见了。睡梦中他看见窝棚的门开了，风呼啸而入，充满了那个靠油灯火苗取暖的小小空间，摇摇曳曳晃了一夜的灯火突然熄灭。”

“发生什么事了？”

“他伸手向四周摸，除了黑暗什么都没有。接着，他看见了一个无头士兵，居高临下地立在他的面前。他当然认得出那身盔甲——就像护身铠甲，用小块铁片缝缀而成。那就是当时古格王国与克什米尔交战时士兵们穿的盔甲。”

“然后他做了什么？”

“他醒了。”韩不慌不忙地说，“他明白了这个信息。有时，信息就是这样来的——在半梦半醒时到来。如果你不能肯定那是一场梦，那它很可能就是现实。大多数时候，我们生活在现实中，但那实际是场梦。所以，当这样的信息到来时，那是非常真实的，至少应当听一听。”

“那么，那信息是什么？”

“无头士兵打开门，跟他讲话，要求他留守。所以他不能离开。从那时起，他相信自己人生的使命已经确定了，就是看护古格废墟。他留了下来，年复一年。但这么做的代价就是夜夜梦见战争，夜夜梦见杀戮。虽然他本人并没有生活在那个时代，但在他潜意识的梦境之中，像过电影一样，再现了古格衰落时期发生在这片废墟上的恐怖场景。住在这里，每天夜晚，他都能看见当年的战争场面。他不得不看，一遍又一遍。最后，他终日以酒度日，期望这能帮助他夜里入睡，然而这并没有起作用。”

“这也太奇怪了。这种情形一直持续到他去世？”

“是的。那时候，还发生了其他一些奇怪的事情。有一只特别大的渡鸦，曾一直待在这儿不走。后来，旅行者开始跋山涉水来到古格。每逢有吉普车来时，这只渡鸦就会

向我们发出警报。它会大声聒噪，还没等人看见远处吉普车扬起的沙尘，渡鸦就会在上空盘旋。一天，一个美国游客来到这儿。他为了炫耀一支鸟枪，想射杀那只渡鸦。他成功了，一枪打中了渡鸦。他非常高兴,走了。美国人走后，渡鸦又回来了。”

“这地方真有点儿神。”我真搞不明白。

“当然。”韩解释道，“整个地方都是个谜。直到今天也没有考古学家能够解开这个谜。”

“你的意思是？”

“这个王国废弃时，没有幸存者，没有后代，甚至没有留下任何记载来说明当时到底是怎么回事。没有人知道该王国是如何终结的。”

“我听说，有关古格的事情多数是由说唱艺术或口头传说传承下来的，是真的吗？”

“是的。有歌曲唱出了托林寺以及河谷生命的故事。但是，现在住在这条河谷里的人们与河谷的过去没有什么联系。我们不相信他们是古格先民的后代。肯定有一个断代。古格先民真正的后代可能已经迁出了这条河谷，去了克什米尔。很显然，古格先民的后代已经不在此地了。我们有很多发现，但这些发现却找不到答案，因为没人能解释。有些东西通过歌声口口相传，虽然给出了一些线索，但却给不出答案。”

“既然佛教作为主要力量把王国支撑了那么久，它为什

么还会衰败呢？”

“古格曾经是一个强大的佛教中心。”韩说，“早在公元90年，宁玛派日渐盛行，国王也支持该教派。后来，噶举派、格鲁派都相继而至。这里尽管属于边远地区，却成了宗教活动的中心。在辩经过程中，不同佛教教派之间在礼法方面出现了分歧。宫廷政治也日趋复杂。但王国非常繁荣昌盛。后来，到了1630年，情况开始恶化，不是因为佛教教派间的争斗，而是因为西方天主教的传入。”

“那么，王国是怎样崩溃的呢？”

“肯定发生过战争。对当时所发生的事情有诸多的推测

演绎，各种版本常常被反复传诵，直到人们信以为真。所以，如果有人很有把握地给你讲古格的事儿，还告诉你那是真的，别相信。有不同的版本流传下来，但都不能给我们提供足够的细节来形成任何科学的结论。因为可以依据的信息不多，想把这个谜团拼接在一起时，我们卡壳了。佛教教派间的竞争当然存在——宁玛派、噶举派、格鲁派——他们相互倾轧，争夺对宫廷的影响力，但真正的衰落还是出现在传教士说服王后皈依了天主教之后。在王后的影响下，国王也皈依了天主教。"

"那么说，王国的毁灭是由宗教内讧促成的？"

"在这个漫长的竞争过程中，格鲁派在附近河谷里的托林寺占据了主导地位。寺院的影响扩大了，而宫廷的势力却缩小、衰竭了。当地人实际上反对天主教，反对宫廷转变信仰。虽然如此，国王还是试图强迫国民信奉天主教。严格的教规以及对其他思想观点的不能包容使得国民无法接受，物极必反，人们于是开始与宫廷作对。"

"然后怎么样？"

"据说克什米尔对古格发起了大举进攻。有人说那是为了保护佛教，反抗天主教。克什米尔国王发动那场战争的真正动机至今没法确定，也许是为了消灭天主教，也许是别有目的——也许只是为了报复以往在王国间外交上受到的轻蔑。也有可能，这些都是借口，真正的目的可能是为了实现更大的战略利益。谁知道呢？版本和说法太多了。"

“你持什么观点？你认为真正的原因是什么？”

“难说。”他咳嗽着，有那么一阵儿，他的脸消失在烟雾中。“但是有一个事实是清楚的。1630 年，爆发了一场大战，古格王国覆灭了。作为王国的古格由于宗教内讧和战争而消失了。一种意识形态与另一种意识形态争夺霸权，必将导致毁灭。洗劫了古格之后，克什米尔军队便整个放弃了这个地方。”

“什么原因？”我问，“不是说该王国很富有吗？战胜者为什么不留下并占领它呢？”

“如果你冷静地想一想，原因其实不难理解。”韩边说边从他蓝衬衣口袋里拿出一根烟，“整个王国像一张网延伸开去，一张由相互交错的峡谷文明形成的网。因为每个峡谷都有水源，人们可以退避到峡谷深处去，生存不成问题。他们甚至还可以退居到更远的峡谷去，重新组合，卷土重来。因此，对于任何占领军来说，想控制这个王国，将会很困难，尽管该王国的首都已被捣毁，照样不容易。况且，占领本身成本太高，很难维持。”

“那么说，克什米尔军队遇到的问题和今天阿富汗、伊拉克占领军遇到的问题是一样的？”

“速战速决是一回事儿，占领一个本不属于自己的领地是另一回事儿。从经济角度讲，占领这一地区是行不通的。一支外来力量不可能就那么来了，占领了，然后希望江山永固。”

“那么古格灭亡后，原来王国的人口还继续生活在这里吗？”

“考古发现的确显示曾生活在这里的人口数量不少，当然比今天的庞大得多。人们继续在这里生活，一直到二十世纪初，这种可能性也是有的。这个地方最终崩溃于二十世纪初前后。至少，一位七十多岁的老人是这样解释的。他没提战争，但是提到了疾病。”

“什么病？”

“听老人讲，这里的人曾经有一种习俗。每年七八月份，古格人都要去扎达（Zhada）附近一座名为盖美（Gamei）的雪山。雪山附近有一个村庄。每年，古格人都要和村上的人在山下会面，这已成为一种传统。他们在山脚下聚会，唱歌，互祝来年美好，并且交换岩石。最后一次聚会是在十九世纪末或二十世纪初。当古格人去雪山唱歌并交换岩石时，并不知道另一个村庄上的大多数人已经死了。所以，他们照样按照传统唱歌，与幸存者交换岩石，但没有想到的是，他们带回来的岩石已经为病毒所感染。”

“这么说，最终毁灭了古格王国的是瘟疫，而不是战争？”

“听老人说，瘟疫扩散后不久，人们便一个接着一个地死去，只有最健壮的活下来了。根本没有医治这种瘟疫的办法。寺院陷入恐慌，深信是妖魔所为。人们将尸体抬到河床边一个洞穴里，洞高约 1.8 米。他们把尸体放在洞里，

砍下尸体的头颅，然后把头藏起来。这种丧葬的方法当然不正常。不知是不是跟妖魔学，或者诅咒有关？不久，少数幸存者自己也身染瘟疫，临死前，他们走到某个地方，用一种藏式布把自己盖上，然后躺下，安静地死去。我们发现了这个洞穴和尸体，还有那些幸存者的尸体。你可以找到那个洞穴。翻过那座山,就在河床边上。尸体还在那儿，是沙漠的高温保住了尸体。”

那天下午晚些时候，过了太阳灼烤的时辰，热度略有减弱时，我去看了那个洞。没错儿，无头尸体在洞内摞着，还带有皮肤，已经被高温烤干了。虽然这些尸体置于此处已近一个世纪，洞内仍弥漫着一种死亡的味道，作呕的感觉一直冲到了我的嗓子眼。在这里，在包围着古格的沙漠里，干燥保留住了死亡的味道，就好像那死亡发生在昨天一样。在炎炎沙漠的寂静之中，一阵恐惧凝固在那里。问题是，那一阵恐惧，到底是我们的过去，还是我们的未来？

消失的王国

“这个地方可能是真的，也可能是一个梦境……你真的不知道。”

——《香巴拉经文》

来到这个逝去的古格王国，我发现了暗含在《香巴拉经文》中的神谕：由于人类的愚昧、浅薄、贪婪所导致的战争、环境破坏以及瘟疫终将毁灭我们的世界。通过揭示古格的过去，我们走进自己的未来。然而，还有一个未解的疑问：怎样才能改变我们的未来？

韩抽了口烟，说道，“许多藏族朋友说，这地方就是香巴拉，来自其他地方的探访者则说，香巴拉肯定在云南。这种辩论无关紧要。很难说香巴拉具体在哪里。但是古格王国被封锁在一条峡谷中，好像与世隔绝，而这条河流来自雪山，因此可以说这里与《香巴拉经文》描写的地域特别相像。”

虽然韩兴刚在阿里生活了20年，但他并没有看过《香巴拉经文》，所以从未在这样的背景下考虑过古格的问题。“经文还说了些什么？”他好奇地问。

“据《香巴拉经文》描述，香巴拉国王居住在山顶上的一座宫殿里，可以俯视整个王国。从宫中还可以看见围绕着我们世界的全部外环，有山、水、火，这些外环保卫着整个王国。”我指给他看经文中的这一段。

韩和我一起步行来到已经成为废墟的宫殿前。宫殿坐落于圆锥形山体的山顶上，曾经是古格王国宗教和宫廷的核心。“山顶这片废墟的前身如今被人们称作白宫或夏宫，曾经是国王及其王后们的居住地。宫下有一条隧道，战争时期用来藏身、潜逃，以及储备军需品，但现在所有这些东西都不复存在了。一切都与经文中所描述的香巴拉宫吻合。”韩说道。宫殿坐落于山顶。实际上，古格王国的主要废墟——宫殿和寺庙——是嵌在峭壁里、修在山顶上的。从这里，你可以看见四面八方，王国所在的整个地区都尽收眼底。

我们放眼望去，下面的沙漠一览无余。曾经的河床如今轮廓依然清晰可见。古格王国一度被条条河流环绕，河流蜿蜒，在峡谷内绵延数里。但是如今，随着全球变暖，这里的水位线已经下降，河床均已干涸。韩指向峡谷之外环绕的雪山，雪山之外，有热气从一圈圈火焰般闪烁着耀眼光芒的沙漠上升起。

“看看有关如何抵达香巴拉的描述吧。”我指着经文，“上面说，你必须穿过一环又一环的沙漠，渡过一环又一环的河流，然后是翻越一座又一座的雪山，这难道不是指到这儿的旅程吗？”走这一路，我吃了好几个星期的沙尘。古格，这一逝去的王国，被封锁在峡谷中，恰似与世隔绝的香格里拉，外人难以抵达。

“这可能正是古格得以延续，长期无人敢于入侵的原因所在。”韩补充道，用脚踩灭烟头，“至少在宫廷的权力开始衰败前是没有外来侵略的。实际上，古格得以幸存和繁荣的关键正是因为外界很难接近这一王国。”说着，他又从

蓝衬衫的口袋里掏出一支香烟。

我继续在《香巴拉经文》中寻找有关段落。格明一路走来为我翻译了整段整段的经文，作了许多笔记。“经文说，在去香巴拉的旅程中，必须翻越‘一座叫咯哒尔噶的大山’，该山被描述成‘黑山，非常吓人’。经文称，‘四大天王中的一王住在山里。’还说，‘那是一个可以获得通灵功能的地方。’你听说过古格附近有这样一座山吗？”

“实际上，那边就有一座黑山。”远处的地平线上有连绵的雪山，韩指着从雪山群中突起的一个浑圆的黑影说，“你其实在来这儿的路上已经翻越了那座黑山，只是没有注意而已。那座山形似一个鹅头。所以，如果你把经文中的藏文译成汉文，山的名字就是‘咯哒尔噶’——字面意思是‘山顶上的鹅头’。”韩从另一个衣兜里摸出打火机，点燃了香烟。

沉思了片刻，他接着补充说，“至于经文中描述的四大天王之一，可能特指那座大山的保护神。正如经文所说，你要是去那儿的话，会发现那是一个令人恐惧的地方。我也不知道具体的原因，只是一种感觉。那座山脚下有许多洞穴，过去常有僧侣在洞内修行，以求开悟，或者获得某种通灵的功能。这么说来，经文所描述的东西在很多方面都与这个地方相符。”

我查阅着自己在经文章节的译文旁手写的注释。香巴拉经文描述道，“有人居住的许多地方……此地有金河、银河、铜河、铁河，要穿越此地，需历时数月。”

韩兴刚的眼睛一亮，“这真有意思。 流淌于古格的这些河流曾经养育了众多的人口，这一点从周围这些废墟就可以判断出来。而且，这些河床曾经布满了金砂。实际上，古格的主要工业就是向克什米尔和印度供应金子。人们还从阿里地区的其他河流中淘取银和铜，比如扎达和普兰（Pulan）附近的河流。《香巴拉经文》还说了些什么？”

“经文还描述了香巴拉宫殿中的无量光佛。”

韩的眼睛睁得更大了，“据所掌握的资料查证，无量光

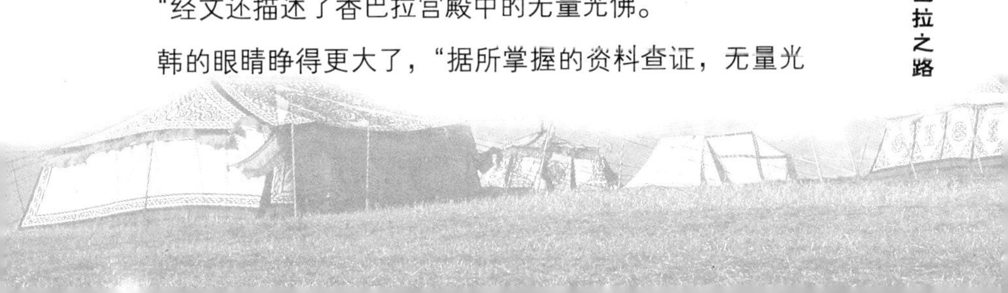

佛是古格宫廷宗教活动的中心。”他指向宫墙上的一幅壁画——细节精美，几乎像印度莫卧儿王朝的绘画一样。壁画中国王、王后、公主，甚至还有包着头布，脚穿弯尖儿鞋的克什米尔商人，都在朝拜无量光佛。“实际上，从没有人做过相关的研究，没有人真正将这些壁画与你在《香巴拉经文》中看到的东西联系在一起。但是，就这么用眼一扫经文，就能发现太多的明显的相似之处。”

我又迅速浏览了一些手写的注释，“经文描述道，‘城市的高层建筑上有许多门窗。’这有点儿像现代的公寓楼。经文接下来说，‘每座城市的人口都在两百万以上。’这些与古格的情况相符吗？”

“真的吗？古格的情况正好与经文的描述吻合。王国的中心嵌在一座高耸、陡峭的大山侧壁上，所以从外观上看，它有很多层，每一层上都有许多门窗，与现代的公寓楼非常相似。”

“经文甚至解释说，这些城市的‘经济状况不错’。看来，该王国曾经非常富裕，对吗？”

“从善昆河沿途到这里，曾经有一个庞大的古格王国被封闭在这个巨大的峡谷中。在我们所处的古格废墟的旁边，曾经分布着众多的卫星城，规模几乎等同于古格王国。事实上，大峡谷的每个角落都住满了人。按照当时的标准，大峡谷养育的人口可谓庞大。每条河谷都富庶而文明。然而，这些潜在的考古遗址中的绝大多数在今天都难以抵达，

因为没有路，甚至连小径都没有。人们必须骑马前行，然后徒步穿过未经开辟、没有标记的灌木丛。所以，古格王国的大部分遗址实际上都未经探索、未被发现。”

《香巴拉经文》富有诗意地描述了一个王国的格局，说它以山顶上的宫殿为中心伸展开去，像“一朵绽放的莲花”，周围衍生出许多小王国，好似花瓣一般。韩沉思了片刻，认为古格王国符合这一描述。

“到目前为止，我们已经辨识出的环绕中心的主要卫星城至少有 14 座，但却无法开始考古发掘，因为它们大多与世隔绝。所以说，我们真正能够考察的只有这里，即中心宫殿及其附属的寺庙群。”韩又翻了几页经文，边沉思，边抽烟。“我们在经文中发现的这些描述与我们所能够拼凑、想象出的古格旧貌非常接近。”

我指着另外一个章节说，“经文说，在香巴拉，‘如果一家富裕，他们会向穷困者施舍，这样一来，大家就都平等了。没有争斗，没有偷盗，没有饥饿。在这样的平等下，大家共同受益，人人一样富裕。’它描绘的几乎是一个纯粹的社会主义国度。古格是这样一个人人平等的佛教王国吗？”

“当然，古格废墟里的一切都与佛教理想有关。”韩手指那些墙，“壁画、雕刻以及建筑都源自一整套的信仰，这一整套的信仰是将那些曾经居住于此的人们联结在一起的核心因素。这些理想确保着他们的生活，也确保着他们共同享有的繁荣。”

“那么说，创造了古格文明的这一切都曾经在一种佛教的平均主义背景下运转？这是你说的意思吗？这些理想是该王国繁荣的基础吗？”

“想想看，我这么说吧，大自然就其秉性来说是变化的，我们有春、夏、秋、冬四季。河水冬季结冰，春季融化。青草春季发芽，冬季干枯。作为人类，我们必须理解周围的一切，而我们自身的一切都要经历不断的变化。那么，我们该如何理解、解释人类与自然环境之间的关系呢？尊重它？向它祈祷？在过去，它令人生畏。”

“但如今，它遭亵渎。”

“这是一个大错误。”韩强调说，“我们无视自然规律，忽视那些因为无法理解而理应对之心存敬畏的东西。对资产阶级物质主义的信奉使我们无所畏惧，甚至不相信自然界有着无形的力量。”

“你是说精神终将战胜物质吗？”我问，“因为精神本身是自然界的核心内容。”

“假如没有信仰，就无法回答那个老问题——我们从哪里来？要到哪里去？所有的实证科学与研究都无法回答这个根本问题，所以它自始至终都是人类最大的问题。人们寻找信仰，这是无法改变的，能改变的只有宗教的形式或信仰的表述方式。但是，我们所问的那些问题存在的基本前提不会变。”

“那么，我们究竟想问什么？”

“我们用一生追求的原则是什么？盲目的物质主义？科学能解答所有问题吗？还是说，我们努力寻找的是其他什么东西？也许是我们自身的东西？”

“我们自身的东西？”

“我们的身体是有局限性的，思想需要躯体而存在，但躯体和思想是不可分割的吗？从原始社会到现在，这个基础问题一直没有答案，而对答案的寻求一直没有改变，变的只是寻求的方式或表述的方法。”

“躯体和思想间的这种分裂何时出现？躯体的局限性？你的意思是指什么？”

“佛教认为人有三念——贪、痴、嗔。之所以有三念，是因为我们的感官需求具有局限性。我们只追求躯体的满足，最终，就会懊悔。”

“所以，从某种意义上说，古格王国数千年的繁荣挑战了资本主义风尚赖以存在的前提——物质主义可以满足一切，是一切事物的终极目标。”我盯着壁画，画中的观音菩萨居高临下地盯着我，“这就是你试图表达的意思，对吗？”

“想想是什么最终推动着人类前进？”韩问，“是物质主义？是精神？还是恐惧？我们究竟是谁？假如我们一点儿都不惧怕自然界的神秘，假如我们自以为了不起，是这个世界的主人，那么我们一定会在战争或人为的疾病中自我毁灭。如果有一天，作为人类，我们真的允许自己把自己当成世界的主人，那问题可就大了。我在阿里地区度过了 20 年。对我来说，想把这个问题表达清楚很难，但有一点我可以肯定，在这里待得时间越长，我就越认识到，作为人类，我们没有那种力量。”

未解的问题

“你的躯体变成了光，路上没有行囊。”

——《香巴拉经文》

那么，香巴拉在哪里呢？所有这一切都从拉萨一位名叫拉扎的古董商开始。她卖给我香巴拉经文，并声称是一位朋友托她卖的。到现在，我明白了，经文一定是从扎什伦布寺班禅的驻锡宫偷出来的。

当时，在拉扎的店里，我遇见了仁增德吉，是她把我介绍给大昭寺高僧尼玛次仁的。尼玛次仁又让我去找活佛贝鲁钦哲仁波切，而活佛让我按照香巴拉的指引，踏上遥远的旅程，翻越冈仁波齐神山。后来，仁增德吉给我介绍了司机格明，格明并不认得去香巴拉的路，但驾驶一辆吉普车是没问题的。在经文的指引下，我们来到了古格王国的废墟，在那里遇到了古壁画专家韩兴刚。我问他古格是不是香巴拉，他不能确定。

那么，古格真是消失了的香巴拉王国吗？抑或古格废墟预兆了我们的未来，而那未来，正向我们渐渐逼近？

此次旅行已经变成了一系列既相互关联又自成一体的旅行。一段行程连着一段行程，但整个旅行却好像没有任何具体的方向。或者，它其实是有方向的？

感觉挺沮丧的，我向韩兴刚讨教，想搞清楚这一切。究竟有没有人知道香巴拉在哪里？如果不是在古格这儿，那会是哪里呢？韩指向附近山谷里的托林寺，建议我去找一位八十八岁高龄的喇嘛。他也许有答案，或许没有答案。

但不管怎么样，韩建议我去问问。对我来说，这好像是整个链条上又多了一环，不会有什么结果。但既然都走这么远了，就去问问吧。

格明开着吉普车，沿着山谷，直奔托林寺。一路上，他顺带着发表意见，“对，我听说过这位喇嘛。他 1958 年离开西藏去了印度,然后肯定是 1982 年回来的。打那以后，他一直住在托林寺。”

我们进入寺院，时近傍晚。托林寺由一连串的塔寺组成，排成宝塔般的梯形，看上去有点儿像金字塔，有些塔寺被牦牛角和牦牛头盖骨围绕着，有些则光秃秃的，在落日的余晖中显得鲜红夺目。这些塔寺的风格显然受印度影响。印度是阿底峡大师的故乡。

我想起韩兴刚曾经给我讲到的东西。阿底峡大师是古格国王从印度邀请到西藏传授并复兴佛教的，当时西藏的佛教处于低谷时期。阿底峡在古格居住了多年,后游历西藏,最终落脚于拉萨的郊外。

在那里，阿底峡修建了卓玛拉康，一座供奉 21 度母的小寺庙。仁增德吉带我去过那儿，就在去拉萨的路上，雅鲁藏布江流经那里。那尊据说能说话的白度母雕像是阿底峡从印度带到古格，然后又带到卓玛拉康的。阿底峡在卓玛拉康度过了自己最后的时光。

想到这些，我开始发现这一切之间的联系，但又不能确定。难道这一切仅仅是巧合，撞到了一起，彼此之间其

实毫不相干？抑或是有一张无形的能量网将事物联在了一起，而对于那张能量网，我们或者看不见，或者选择不去看？由于无法确定，我选择将一切视为巧合，抛之脑后。结果，有东西在我的脑海里闪了一下。对了，仁增德吉曾告诉我说，“在佛教中，是有因缘一说的。”

一切事物都是相关联的吗？将人群之中、地域之间原本并无关联的生命和意向联系起来应该是没有意义的。但话说回来，也许英特网的发明只是我们利用电脑的功能再

现了原本存在于我们头脑中的东西，只不过一路行来，我们已经忘记如何使用这种功能了。无论如何，我的假期快要结束了，必须赶回去做律师的工作了——有一大帮等待我的客户和一大堆待回复的电子邮件。可是另一方面，我头脑中未决的问题还有很多。

抱定寻找答案的决心，我带着格明去托林寺寻找那位老喇嘛。然而，他不仅没有给我答案，反而留给我更多的疑问。

格明和我在古老的托林寺那些印度风格、颜色土红的佛塔的阴影间游荡，就好像徘徊在一座迷宫之中，我们也渐渐地融进了阴影。走进一个门廊，步入黑暗，我们沿着楼梯爬上寺院建筑的屋顶。在屋顶的角落处有一个小楼，我们走了进去。

我们在里面找到了那位老喇嘛，他已部分失明，住在小楼内一间香烟缭绕、充满酥油味儿的狭小房间里。虽然几乎看不见什么，但却能凭借嗅觉辨别藏香的变化。我们的出现打散了升腾的烟雾，他知道有人来了。他听着我们的提问，用骨瘦如柴、干瘪的手指捻动着经珠，然后摇摇头。最后，他手指天空。

“实际上，香巴拉是存在的。”老喇嘛回答道，“有人去过那里，回来后告诉过我们它的样子。只有班禅能够夜夜梦回香巴拉。”

“为什么？”

“实际上，你们遵循的文字出自六世班禅之手。他从没到过古格，倒是曾经应清朝乾隆皇帝之邀访问过北京，并在北京去世。因此，《香巴拉经文》应该被理解为一本寻找我们每个人心中的香巴拉的旅行指南。另一方面，为了给这一心灵之旅打上旅行的标记，他描述了确实存在于阿里的一些地方。”

“如果他从未到过这些地方的话，他怎么能如此精确地撰写出这本旅行指南呢？”我问。

“他的前世四世班禅去过古格。经文中所描述的地方之所以符合阿里的实际情况，是因为四世班禅去过，而他托梦给六世班禅，六世班禅藉此了解了古格之旅。”

“那趟旅程是真的，还是一场梦？”

“这需要由你来判断，也许我们的世界总是介于现实与梦幻之间。”

“这一点是《香巴拉经文》要传递的基本信息吗？”

“不，你还没有弄明白。”

“我怎样才能弄明白？”

“唯一的办法只有去问他的转世化身。”

“你是指现在的十一世班禅吗？”

老喇嘛点点头。

“他在哪里？”

“在扎什伦布寺，有时也叫无量光佛殿，就像你拿着的经文里说的那样。”

“也就是说去日喀则的扎什伦布寺寻找答案，对吗？”

他又点了点头。

“那我得原路返回。”

他又点点头，“也许我们都得走回头路。”

“这么说来，此次旅行只是兜了个大圈子。从拉萨去日喀则只要一天的路程。我一直在浪费时间吗？”

听到我这话，他显然不高兴，摇摇头，没说什么。

“扎什伦布寺是经文的来源地。也就是说，我需要把它送回到它被带出来的地方，是这个意思吗？”

喇嘛最后一次点点头。

我试图再问一个问题。

这回，他没有回答。

时间与空间

“只有通过冥想，将自己的灵魂从躯体里分离出去，才能到达那里。”

——《香巴拉经文》

那天下午，我们离开了，驱车上路前往日喀则。我们的吉普车爬行在狭窄、陡峭的小路上，这是唯一一条进入土林峡谷的路。我回头望了一会儿。也许，这将是我最后一次看沙漠峡谷这个让我魂牵梦绕了一生的地方。也许，离开之际，才是我真正要进入之时。

我们为揭开香巴拉之谜所做的一切，好像都只是在兜圈子。也许这是一次不错的假期，远离那些人满为患的线路。整个假期很快就要结束，也许我是该回到起程的地方了——律师事务所、电子邮件、电话、合同、最后期限，持续整个晚餐的礼节性谈话，谈话对象是一些我从不真想与之交谈的人。

另一方面，也许绕这一圈可以完成一次轮回。一种情形让人困惑，另一种情形则让人明白。我不能确定自己经历的是哪一种情形，是兜了一个圈子还是经历了一次轮回。

也许困惑本身可以让人明白。我默默地思索着，看着峡谷的红色崖壁从车窗外闪过。打开车窗，红色的尘土涌入，填满车厢。

我们的车向一个小小的帐篷社区驶近，这是从阿里去日喀则途中的又一个休息站。实际上，从阿里去日喀则只有这一条路。我们停车清除沙尘。狗在叫，一个头发上戴着粗大的绿松石的康巴女子在搅拌酥油。我们进了帐篷，只见桌上摆着一盘盘的牛肉干。格明拿了一块，从皮带上抽出刀，把肉切成小块，当午后点心吃起来。

就在这么一个地方，我遇见了奏格仁波切。他是觉囊派的一名活佛，而觉囊派是藏传佛教的一个分支，致力于香巴拉功的修炼。于是，我向他询问有关香巴拉的问题。他回答说，许多人都在寻找，但没能找到。也许有些人找得太苦，也许有些人找得还不够苦。

我觉得这不是答案。因为急着上路，我看了看手表。他叫我别那么严肃地看手表，时间只是一个骗人的把戏而已，而我们的手表只不过是街头时尚的一种表达方式，实际上与时间没什么关系。

康巴女子刚好搅拌完酥油。她把酥油和红茶和在一起，倒了两杯酥油茶，放在木桌上。木桌好像塞满了这顶帐篷，我们被挤到了边上。我们都开始品茶，我不再看表，开始听他讲话。

奏格仁波切解释了时轮金刚法，说它是香巴拉哲学的基础。他从身边的一个背包里拿出一面唐卡。唐卡中央，一个蓝色的男子拥抱着一个黄色的女子。他解释说，这个意象与性没有任何关系，叫我别往那儿想。“这代表慈悲与智慧的融合。”奏格仁波切说。

我目不转睛地盯住唐卡看。相拥的男女好像长着许多头，每个头的额上都长着第三只眼睛，望向四面八方。他们还长着许多手臂，每个手臂都握着武器，有剑，有套锁，

还有其他我辨认不清但在古格废墟的壁画上见过的许多东西。相拥的两个人脚下还踩着两个小人儿，每个小人儿也各自抱着自己的配偶。

“踩在他们脚下的不是人类，是妖魔，代表着贪婪、狭隘、愚昧，这些东西如今像瘟疫一样困扰着我们的社会。”奏格仁波切解释道，“这些东西滋长懊恼，而悲伤随之而生。通过将慈悲与智慧融合起来，时轮金刚就能粉碎贪婪和愚昧。”

听起来是那么复杂，但是又非常简单，“那么，这与寻找香巴拉有什么关系？”

“如果每个人都可以做到这一点，将慈悲与智慧融合在一起，战胜贪婪和愚昧，那么，正气就可以战胜邪气。最终，星体的运行可以重新调整，我们的四季可以重新分明，而我们每个人都可以找到香巴拉。”

他解释说，香巴拉曼佗罗是时轮金刚教义的核心，它建立了一个待穿越的王国。王国内有四大要素，即风、火、水、土。时轮金刚住在须弥山上升起的无量光佛殿里，而须弥山坐落于香巴拉曼佗罗的中央。也许，宇宙的核心就体现在我们的地球上，它其实是一种境界，存在于我们每一个人的体内和心灵里。也许，如果打破禁锢，我们的思想可以像宇宙一样无限。

“我们一路开着车，穿越了狂风、火焰沙漠，经过了湖泊、河流，到达了神圣的冈仁波齐山，然后又去了古格王国的废墟。”我问道，红色沙尘带来的窒息感仍挥之不去，“那么说，我们其实已经穿越了香巴拉曼佗罗，对吗？”

“也许，每天你都在穿越一个香巴拉曼佗罗。”他笑着说，“你没必要非得到西藏来穿越。问题是，你能否穿越每一道环，直抵中心，并且天天如此？”

“可那与寻找香巴拉有什么关系？”

“如果你做到了天天穿越，问题又来了，‘你能否做到一日穿越数次呢？’如果能，问题又来了，‘你能否做到时时穿越呢？’如果能，你也许在不知不觉中已经到达了香巴拉。”

“所有这一切与佛教教义有什么联系？”我狐疑地问，试图把这些零碎的东西拼接在一起。

“佛祖释迦牟尼圆寂前，化身时轮神，在一个叫达尼雅卡达卡（Dhanyakataka）的地方宣讲佛教教义，这个地方在印度的南方，靠近今天的阿玛若瓦啼（Amaravati），”奏格仁波切解释说，“在听者中有一个叫苏禅德喇的，是香巴拉的第一任国王。他把听到的佛教教义带回了王国，修建了三维形式的香巴拉曼佗罗，并教导他的国民如何使用自己的心智，利用正气，寻求未来的和平。”

“古格是不是消失了的香巴拉王国？”我还是坚持想得到一个确切的答案。只有得到一个确切的答案，整件事情才有意义。“经文上说，香巴拉在北边，那是讲得通的。你说的那个叫达尼雅卡达卡的地方在印度的南方，那么古格就是在达尼雅卡达卡的北边。经文还说，香巴拉以南有一

个叫玛拉亚（Malaya）的地方，那一定是指喜玛拉雅山。我不是什么考古学家，但是，我觉得，二者好像很接近。你觉得呢？"

奏格仁波切没说什么，只是坐在那里，好像盯着什么看，但那里什么都没有。我意识到，他对我这种试图把谜团拼合在一起的做法不感兴趣。实际上，我只顾着拼凑那些七零八碎的东西，却忽略了对要点的整体把握，而他却试图解释当时的整个情况是什么样子。他对考古发掘不感兴趣。他对过去的兴趣在于过去决定了我们现在在宇宙中的位置，而他对现在的兴趣在于现在决定着我们的未来。

他又开始了，继续慢条斯理地解释道，"妙吉祥法王用'金刚种'将香巴拉各派统一在一起。他的后代被称为'柔旦'，意思是'有（金刚）种'。"

"这么说，香巴拉有一系列国王，就像古格一样？"

"香巴拉有25位国王，也叫法王，他们有资格传播时轮金刚教义。每个法王统治一百年。传统上认为班禅喇嘛是香巴拉国王在地球上的化身，人们相信班禅喇嘛是妙吉祥法王的转世。"

"为了找到香巴拉，我真的一定要去见他吗？"

"你可以试着去一趟扎什伦布寺，它就在位于西藏中部的圣城日喀则，离我们现在所在的地方不远，只有几百公里路。扎什伦布寺是班禅喇嘛的驻锡宫殿。到了那儿，你会明白所有这些是如何相互关联的。只记住一件事，时轮也是一种日历。用这个日历，我们可以开始倒计时。”

“倒计时？我们数什么？”

“时间。尽管时间根本不存在，但我们却总是感觉它就在我们左右。也就是说，我们试图给无法定义的事物下定义。”

“时间本身是可以定义的吗？”

“不可以。”

“那我们怎么来定义它呢？”

“我们不给时间下定义。相反，我们要打破时间的定义，这样，我们才能超越时间。”

“那空间呢？”

“空间也成了错觉。”

“此话怎讲？”

“空间只是关于困在时间里的某一时刻的虚构而已。”

“那么，怎样才能为那一时刻解困呢？”

“把它砸碎。”

“是指时间吗？”

“没错。”

“如果时间不存在，那我们到底还剩下多少时光？”

“我们没剩下多少时光。”

“事情有那么糟吗？”

奏格仁波切笑了，“没有，没有那么糟。”

“你为什么乐观？”

“因为时间和空间作为概念，原本就不存在，是我们虚构的。”

“那么，当一个人认识到这一点……”

“那么你就已经把时间和空间打破了。”

“然后呢？”

“你就不会再生活在匣子里了。”

班禅喇嘛

“西藏那些修行至很高层次的喇嘛一两年就能去……对，他们能够去香巴拉……班禅喇嘛入睡后，夜夜前往香巴拉。”

——《香巴拉经文》

时近傍晚，但扎什伦布寺的大门还敞着。我走了进去。这座寺院坐落于一座线条柔和、略呈圆形的大山山麓。西藏人说，扎什伦布寺被抚育在白度母双乳之间，环抱在白度母双臂之内。我问个中原因，僧侣们无人作答，只是说，十世班禅一直随身带着一尊小巧而古老的白度母像。我想了想。印度大师阿底峡也随身携带着这么一尊白度母像。在卓玛拉康的度母殿里，一名喇嘛还在这尊度母像前为我祈祷过。那是在启程前，仁增德吉带我去的。卓玛拉康在拉萨的郊区。

一位叫多钦的喇嘛在门口迎接我。他知道我为何而来。行至此处，无需语言，因为意图已一目了然。我每一寸肌肤上都凝着红色的尘土。从这一道道的红土之间，他能读出我此行的目的。

扎什伦布寺是橘黄色的。寺内橘黄色的墙上有巨幅壁画。大昭寺角落里的一面墙上有一小幅壁画，画的是香巴拉与卡里两支军队之间的大战，而扎什伦布寺墙上的这些巨幅壁画是那一小幅壁画的扩大版。在扎什伦布寺，壁画之巨大让这场战争首当其冲，成了问题的核心。当和平、社会和谐的正义之师与战乱、专制独断的邪恶之师对垒时，谁能最终获胜？

壁画的上半部将香巴拉描绘成了一个形似八瓣莲花的

地方，外面为两圈雪山所环抱，同经文中描述的一模一样。香巴拉法王居住在位于这个莲花状世界中心的无量光佛殿里，讲经传道。

毁灭之军从西方入侵，他们来征服我们的世界，并企图将之纳入一个以贪婪和物欲为驱动力的帝国麾下。贪婪和物欲只是幸福的错觉，隐藏在意识形态这顶庇护伞之下。这样一种意识形态之所以强大，仅仅是因为它不肯容忍异己。

根据这个故事，聚敛财富、挥霍无度的愿望只能滋生沮丧，随即是愤怒，一切都开始崩溃。扭曲的价值观念、失衡的生命重心、不良的生活方式滋生愚昧，致使卡里之师在我们自己制造的混乱中崛起，并单方面发动征服之战。最终，这样的战争只能毁掉我们的世界。

香巴拉法王手指上转着一个轮子，代表着世间万物的轮回。面对着橘黄色的大墙，疑问再次萦绕我心头，难道“革命”一词不是意味着把轮子旋转 360 度吗？

香巴拉国的未来王——忿怒王（勇武轮王）出现在这一和平的王国，带着他的将领哈奴曼达，骑着战马，挥舞着长矛，前来参战。长着双翼的大象和香巴拉的战士得到腾云驾雾、脚蹬风火轮的空行者的援助，最终捣毁了贪婪、邪恶的势力。

但香巴拉的战士是些什么人呢？一首古老的中国歌谣回响在耳旁：“百战苦风尘，十年履霜露。”当时，这似乎

是许多人所选择的道路。

我怀着对所有这一切的疑问，请教了多钦。他轻声答道，“香巴拉有 25 位法王，曾在扎什伦布寺修行的 24 名高僧和班禅本人是这 25 位法王的转世化身。香巴拉是一个莲花状的王国，八朵花瓣将大地分割成不同的领地。班禅大师是香巴拉法王的转世，日复一日，他祈祷的重点是世界和平。通过避免战争，我们可以实现和平。通过日日、事事善己意，正己行，不做错事，我们可以避免战争。”

多钦带我走进一个长长的门廊，延伸的墙面上整齐地码放着经书。我们朝廊道那头走去，穿行在缭绕的香烟和三角形的光亮中，这光亮是从近三角形的小窗户透进来的。午后的光线带着淡淡的紫色，洒在浸润着酥油的廊道表面，照亮了两边码放着经书的橘黄色墙面。

“你不再需要这个了。”多钦指着我腋下夹着的黑匣子说。这个匣子引导我走上了香巴拉之路。“现在到无量光佛殿了。”他说，“《香巴拉经文》已经把你带到了扎什伦布寺，你就要见到班禅大师了，他是香巴拉王国的法王，你不再需要这本经文了。”廊道上，一个喇嘛正在给墙上的经书除尘。多钦走到他面前，“请把《香巴拉经文》归回原处，我们把它丢了一段时间了。”

我吃了一惊。那喇嘛停下手里的活儿，转过身，向我走来。他从我手上拿走了黑匣子，突然又转过身去，把《香巴拉经文》放回了原处，就在靠墙的一个架子上。经文回到了它原本所在的地方，算是圆满了。

接着，多钦带我走过一个宽大的门廊，那里点着酥油灯。我们进入会客厅。整个会客厅充斥着橘黄色，尽里头坐着圣者十一世班禅。他很少接见外人。我向他叩拜了三个长头，他点头让我坐在厅堂的一边，对面坐着一排喇嘛。我面前低矮的藏式桌上摆满了水果。一个喇嘛给我倒了杯酥油茶，另一个喇嘛在我耳边低语，“你想知道什么，可以向圣者提问了。”

“我一直在寻找香巴拉。”我说，“就是我们西方人所理解的香格里拉。我走遍西藏，翻越了高山、穿越了沙漠，但还是没有找到。今天我来这儿，就想问一个问题，您能否告诉我香巴拉究竟在哪里？”

他微笑，双手合十，“最早，香巴拉的概念来自印度，佛祖释迦牟尼的诞生地。”他解释道，“许多人把它看成一个净土。在西藏历史上，许多佛教学者，包括我的先师——一世、六世和九世班禅——都谈论到香巴拉，并就它著书立说，把它描述为一个和谐的地方。”

“如果它是这样一个和谐的地方，那么，在我们每个人自己寻找的过程中，怎样才能到达香巴拉呢？”我问。

“很难说是否每个人都能到达香巴拉。”他又笑了，“这取决于决心和学习。如果学习够努力，不断掌握，并且抱持积极的意向，就能抵达那里。”

事情不可能那么简单，我想，只要抱持积极的意向，

就能抵达那里？我已经翻越了大山，穿过了沙漠，可还是无法接近那地方，一定另有答案。我想到尼玛次仁说过的话，换了个方式，再次问道，“世界面临着许多问题——战争、疾病、环境破坏——这些都是由狭隘、贪婪和物质主义造成的。如果香巴拉是‘未来’的理想，那么它又如何帮助我们呢？”

“在香巴拉这个国度里，法王必须使用积极的能量消灭由消极能量造成的罪孽。这样，环境就能得到保护，人民就能安康长寿，佛教理想就能发扬光大，人类就能享有和平与和谐。”

很显然，他的观点是要有积极的意向。积极的能量能够克服消极的能量。然而，如果真是这样，为什么还会有那么多的战争？看来，在当今的世界秩序中，持消极意向的人似乎战胜了持积极意向的人。我问，“那么，为了世界和平，我们该做些什么呢？”

“首先以慈悲为怀，善施乐助，不惜牺牲自己的利益，这样就会有和平。如果自私自利，为了自己的目的而牺牲别人的利益，那样就不会有和平。”

十一世班禅年仅 15 岁，他的回答单纯但切中要害。他继续发表观点，“许多国家花重金扩充军力、购买大规模杀

伤性武器，以增强自己国家的力量，却给世界带来伤害。这样做的代价是沉重的。假如这些国家用这笔钱帮助欠发达国家和民族，假如这笔钱用于帮助残疾人和学生，购买医疗设备，促进医学研究，世界就会拥有和平。”

“今天，我从您这里学到了许多东西。我就要离开这里，回到来的地方去，您有什么需要我传达给外部世界的信息吗？”

“首先，我祝愿世界享有和平，祝愿人们相互爱护、相互尊重；愿不同宗教信仰宽容相待。第二，祝愿本土藏族人民及旅居国外的藏族同胞热爱自己的国家和故乡；愿他们致力于经济发展，以改善人民生活水平、开发故土。最后，我用英语为世界祈祷——I pray for peace in the world!（我祈祷世界和平！）愿佛祖保佑苍生！”

这些话出自一位15岁的转世喇嘛，或称‘活佛’，在这宏大而遥远的扎什伦布寺，在这与世隔绝的日喀则。也许，在世界之巅，他得天独厚，能清楚地看到世界在发生着什么。

离开扎什伦布寺时，我一直在想那本《香巴拉经文》。它随我游历了西藏西部，最终回归扎什伦布寺。经文预言，一位班禅喇嘛将再生，并将运用积极的能量打败来自西方的消极能量。一个血红的太阳将在东方升起，开启一个叫香巴拉的和谐的新时代。

也许，经文中所描写的、扎什伦布寺壁画上所描绘的一切只是一场梦，但斗争却可能是真实的，并且已经降临到我们头上。我们应该停止为后世子孙争取一个和平与和谐的未来吗？即便那未来的实现只不过是一个梦而已。

人们告诉你别做梦。股票和油价才是现实，做白日梦可能是危险的。一件事，如果西方主流电视媒体没有报道，那它就没有发生过，对吗？所以干吗要做梦？

国土安全办公室和中央情报局无处不在，看得见一切，对吗？但是，尽管他们有尖端的技术装置，但他们能看透人的梦境吗？

梦想和平与和谐不对吗？少数人，贪得无厌、利欲熏心，并固守着自以为正义的意识形态。为了他们眼前的利益，将毁掉我们的世界和人类的生存环境。这不只是写在丢失了的西藏经文里的预言，而是一个已经在向前推进的进程。

我们，能阻止这一进程吗？

我们的未来

“没有病患，如果一家富裕，他们会施舍给穷困者，人人平等。没有争斗，没有偷盗，没有饥饿，人人平等，在平等中受益，在平等中富裕。”

——《香巴拉经文》

在拉萨，人人都知道我们刚从阿里地区回来。只要看一看我们的吉普车，只要看一看我们，就明白了。吉普车上覆盖了厚厚的红土，我身上，也覆盖了厚厚的红土。

一到拉萨，我就找了家小旅馆住下，把行李和照相机往房间里一扔，几乎是出于一种冲动，径直去了大昭寺。在浸透了酥油的大昭寺大门前，朝圣者在露天广场的石板上，脸朝地面，双手合十，五体投地，叩拜着朝大门移动。

尼玛次仁还在我们上次见面的地方等我。一个多月前，我们在这里见过，后来我起程去阿里，在《香巴拉经文》的指引下，踏上了寻找香巴拉的旅程。他站起身，邀请我和他一道吃晚饭。他带我穿过院中几个世纪前铺下的石板路，进了一间摆放着矮桌子的大房间，房内没什么人。大多数喇嘛已经吃完饭，退下，研习经文去了。他叫我坐到一个矮桌旁，自己走到一口大锅前。一名喇嘛从锅里为我们舀了两碗加了牦牛碎肉的面条。这趟阿里之行后，我已经习惯吃牦牛肉了。

我开始给他讲述这趟旅行——见到了班禅喇嘛，把《香巴拉经文》归还给扎什伦布寺——以及我的发现，特别是在古格——古格曾经是一个精致的佛教文明之地，奉行平均主义。西方原教旨主义的侵入引发了战争，古格灭亡，随之而来的是瘟疫肆虐。我在努力给此行找到合理的解释，

也在努力地正确看待这段经历。

我给尼玛次仁讲述了我以《香巴拉经文》的字面意思为指南所走的路线，“它指引我们往西走，后来又往北偏了一点，穿过了阿里地区。”

“这是西藏最僻远、最与世隔绝的部分，许多古老的东西方文化依然保留完好。”尼玛次仁说，“古格废墟寺院墙上的壁画大约绘于900年前，那以后就没人碰过。”

“在那些壁画上，你一定看到了本尊者的画像，比如时轮金刚和大威德金刚。”尼玛次仁解释道，“他们常被描绘成欢喜佛（相互拥抱的男女），象征慈悲与智慧的融合，以产生虚无感，让人们意识到我们的存在不是二元对立的。他们脚下是被践踏的愤怒的人。实际上，那些形象不应该被看做是人。本尊者真正践踏的是我们自身的愚昧、贪婪和愤怒。把我们身上的这些罪孽踩在脚下，能提升我们的思想境界。”

“那为什么这些本尊者看上去如此怒不可遏？他们自己的样子就很愤怒。”

“你是不是仔细看了壁画？”尼玛次仁强调道，“佛教的许多本尊者都生着很多臂膀，每支臂膀都握着不同的武器。那可不是强国用来解放、征服、占领、侵略或利用小国家的武器，绝对不是。那是智慧与慈悲的武器，是用来消灭我们自身的愚昧、贪婪和愤怒的。”

“就是说本尊者不与别人斗？”我表示怀疑地问，“而是跟我们自身的恶魔斗？”

刚吃完那碗牛肉面，尼玛次仁就把我带出了那间僧堂。我们穿过院子，登上一道长长的木梯，来到二层，顺着一个走廊来到大昭寺的后面。那儿是僧侣们的居住区。他提醒我躬身穿过低矮、古老的门。我被带入一间点着微弱的酥油灯的房间，房间不大但空间不少。他做的第一件事就是给我倒了一杯酥油茶。我喝了一口后，他开始回答我的问题。

“最终，是香巴拉大战。”尼玛次仁说。我们面前桌上的一盏酥油灯不堪自身火苗的重负，酥油散了，尼玛次仁投在墙上的身影不停地晃动着。“真正的敌人在我们内心，

就是我们自己。消灭内心的敌人，我们才能获得和平。真正的明智是尊重别人的选择，而不去评判别人，不指手画脚地告诉别人怎么做。无论国家大小，都要尊重别人生存的空间，不应该巧取豪夺属于人家的空间，也不应该干涉人家的内政，或强迫他人走自己的道路。"

"可是，在当今世界上，某些国家好像下定了决心要强迫别人和他们一样，接受他们的经济模式和政治学说。"我喝了口茶说，油灯闪烁，照亮了他身后部分橘黄色的墙面，而房间的其他部分已经融入黑暗。

"如果每一个人都能认真地寻找自己正确的道路，好好地走下去，不干涉他人，那么我们就能共同找到和平之路。"尼玛次仁说，"只有实现了和平，才能进入香巴拉时代。"

"这么说，问题主要是将某一种意识形态，包括政治方面，也包括经济方面，强加于别人，对吗？"

"这个所谓的'全球化'教条实际上已经成了一个主要的问题。把你的方法加到别人头上，让人家去接受，这不是一个现实的解决问题的办法。人家会抵制，甚至会反抗。这是当今世界所面临的问题。在某些方面，'全球化'作为一种政治经济的意识形态，作为一个目标，都是不切合实际的。"尼玛次仁指出。

"记住，每个人接受事物的能力受制于所处的环境和条件。"尼玛次仁说着伸出一个手指，"你不能以己之见强加于人，不能因为对你可能有过作用，就认为对他人也一样，那是不可能的。”

“这么说，你不支持大融合喽？你的观点是不是与某些财经机构，比如国际货币组织和世界银行，所提出的方案背道而驰？你谈的东西已经超出了佛教哲学的范畴吧。”

“真正的全球化应该是科学、技术、医疗的全球化。”尼玛次仁澄清着他的立场。“然而，所谓的‘全球化’的拥护者们却坚持主张对所有事情都采取一种方法。非要用一种方法解决全球的问题，势必发现这是与人类多元化的本性相冲突的。”

我第一次清清楚楚地意识到，在喜玛拉雅高原之巅，喇嘛们有理有据地就世界进程方面的观点展开讨论。由此，在西藏最受敬仰的寺院，一名喇嘛的声音准备好撼动全球结构的根基，这是一个自取灭亡的根基。

“自然，每一个物种都源于多元化，要是只有一条路是最好的和正确的，我们干吗在佛教中倡导 84000 条路？如果真的有一条快车道，那人人都会蹦上去，可是，扪心自问，事情并非如此。原因何在呢？每个人，每种文化，国家也一样，都有自己的不同。你与我就不一样，我们在一生中必须选择的方法和道路也就不可能一样。我们世界的进步越多元化，对每个人越好。”

“看来，你不仅拥护民族的多元化，而且赞同经济、财政，甚至政治的多元化？”

“在佛教里，我们说有 84000 扇门供你选择，随之而

来的是 84000 条路，条条正确，多元化的好处就在于此，试着去包容只适用于他人的东西。”

“也许当今世界秩序的结构背离了人类多元化的天性，问题的真谛包含在佛教的哲学中，该哲学的方式方法就是鼓励多元化，是否可以将这种多元化运用于经济、财政、甚至政治和政治体制呢？”

“是的，按照西方的理解，佛教不代表一种宗教，而代表一种思想结构，该结构围绕仁慈和理性而建立。佛教教义为人类更好地生存而形成，这种思想结构或可以称作工具能为个人所有，不仅仅为自己，也为他人。”

“那么，佛教不是真正的宗教，而是一种生存和生活哲学？你是这个意思吗？”酥油灯在渐渐燃尽，酥油茶也快喝光。

“佛祖没有发明宗教，而是发现了我们自身同宇宙间的联系。每个人的人生结局都来源于他个人的行为，我们可以用自己的行为改变许多事情的结果，我们一直都有这种选择权，有运用正气战胜邪气的力量，唯一的问题就是我们愿意与否，意向是最后的问题。”

我喝了口茶，随着灯捻儿下陷，掉入盛酥油的铜碗底，房间也陷入了灰暗。我思索着尼玛次仁的话，从某种程度看，坐在世界之巅的一位喇嘛打破了已建立的思想，可以说我们就受制于这种思想，相信已建立的东西不可撼动。

我喝着酥油茶陷入更深层的思索，亚当 · 斯密（Adam

Smith）不是告诉我们贪婪是好事吗？至少，教科书上是那么说的，只要一个人比另一个人更贪婪一点儿，股市就会继续走高。那只“看不见的手”将统治这一切。你不必再担心什么，因为长兄在为你操办这一切。在这个以贪婪为基础的，物质的，受无形之手操纵的社会里，部分成功是为了使你不要对这些东西产生质疑，而把这一切都看做是理所当然的。记住，“所有适合印刷的消息”都印在了纽约时报上。如果报纸不发表，就等于什么都没发生，对吗？

“想想我们现在的世界秩序。”尼玛次仁对此问题颇有兴致，“大量的石油用于支持这种体制，这是私欲持久的贪婪体制，以有名大股东的价值观为主的体制。为什么？想想看，我们世界经济的大头儿都花在追求幻影上了。”

“你这话怎么讲？”我问，喝了口茶，只剩半杯了，“什么幻影？”

尼玛次仁欠身，又给我斟满了茶。

“名牌炫耀式的采购创造了价值观，这种价值观驱使人们盲目购买那些产品。消费者可能辛苦挣到的钱，储蓄，有时是一生的积蓄，到头来竟花在了购买名牌上——这些东西除了那个牌子以外没有任何内在价值。然而，媒体却告诉消费者，这些是人人必备、显示社会身份的东西，他们鼓吹人们挣钱就是要购买这些东西。名牌影响了人们拥有的一切，为此人们一生都在借贷，只为了穿穿那个牌子，打上那个标签。实际上，这纯粹是浪费时间和生命，只不过是徒有虚名，其他什么都不是，只是气泡，无聊。”

“你是在指责那些跨国公司用广告误导人们吗？股东的利益怎么办？世界是靠这个运转的。”

“想想问题的实质。”尼玛次仁告诫道，手摸了一下他身下坐着的毯子，“如果戳破那个气泡，真正生产力的背后，股东的利益对人民有好处吗？看看这块毯子，这是真的，是藏族妇女花时间，用心和感情织成的，毛线是纯牦牛的，不像时装，这毯子一年四季都适用，坐在上面很柔软。是不是我们都需要那种人造的、化纤的东西，就因为上面标出了某设计师的名字吗？”

“你是在质问推动我们社会惹人眼的消费价值观的问题吗？或是在置疑社会的潜在的物质主义吗？”

“太多的财富耗费在战争和为占有而相互欺诈上了。如果政府采取以道德为基础的精神性的价值观的行动，并结合理性的唯物主义，那样，我们都会朝着真正的香巴拉方向前进。”

“但是，整个制度说明世界经济的主流就是如此，你的意思是用香巴拉的理想有可能建立一个世界的经济秩序吗？”

“记住，21 世纪已经让我们看到，仅仅靠唯物主义是不能给人类带来幸福的。以知识和理性思考为基础，我相信我们能够为创造一个崭新的世界经济秩序做出贡献。但是，当前制度的构架受这样的观念左右，即无形之手在操纵贪婪，为追求虚无缥缈的名牌而浪费资源，控制那些资源，

结果只能导致更多毁灭性的战争，恶业卡玛随之越积越多。”

“这将走向何方？”

“结果将是自我毁灭。”尼玛次仁说。“是召集一次论坛的时候了，讨论一套新观念，建立新的经济模式，该模式的基础是仁慈和知识，而不是无形之手控制的狭隘的贪婪。如果理性和仁慈能够成为一种新制度的基本思想，那么这种经济就会是健康的。”

“那么，从某种程度上说，当今世界制度的问题是扼住一种模式，卡住每一个人的喉咙？”

“一种模式是不正确的。”尼玛次仁强调道，“无论是经济的，还是政治的，我们可以选择不同的模式，可以新老结合，可以打碎匣子，当所创造的东西变成盲目的重复，打破这种僵局，使用碎片创造新东西。”

灯光渐渐熄灭，灯捻儿已燃到尽头，露出碗底，黑暗笼罩着房间，只有尼玛次仁的声音还在持续。

他轻声并从容不迫地说着，他的话语在这间房子橘黄色的土坯厚墙上回荡，“地球能够成为香巴拉，记住，香巴拉不需要到什么地方去找，而是靠我们每个人创造出来的，就在这里，在此时，在任何时候。问题只有一个：我们是否想做到。”

尾声

“没有清楚的头脑，你去不了香巴拉。”

——《香巴拉经文》

离开大昭寺时，尼玛次仁带我穿过天台。紫色的黑暗已经布满天空，我这才意识到已是深夜。通常挤满朝圣者和旅游者的大昭寺此时变得如此安静，静得似乎可以听见月亮上方云彩移动的回声。

因为太黑，穿过天台时，我差点儿跟不上尼玛次仁。秋天的空气带给人雨意。他领我迅速地下了楼，我走出大昭寺那浸透了酥油的大红门，他挥手与我告别。大门在我身后砰地关上了。我独自一人站在大昭寺的广场上，那儿除了我一个人也没有。无人的空荡悄悄包围了我，那是一种独自一人的感觉。

我沿着朝佛之路，绕着大昭寺顺时针漫步。午夜之后，八角街空空荡荡。街边的摊位就剩下木板，等待黎明来临时再为摊主占据。街上空无一人。天上滴滴答答落下冰凉的雨点，云彩开始遮住了月亮。

街道漆黑，我听得见朝佛者祈祷、叩拜的声息，却不见人影。已经很晚了，朝佛者白日的祈祷声还在此起彼伏地回响着,其间弥漫着他们绝对的虔诚。即使他们已经睡了，那种虔诚也还能感觉得到。他们为某个理想的忠诚奉献依然回响在被酥油润滑了的长石板上。白日的诵经声隐约回响着，弥漫在整个黑夜。黑夜尚未圆满，因为它还没有见到月光。月亮再也见不到了，天下雨了。

我绕至八角街转弯处，进入大昭寺后面的街道。眼前一座小楼的二层还亮着灯，那是在八角街拐角处，那栋黄石头砌成的老楼楼上的茶馆。整条街除了这里还亮着灯，其余各处都已漆黑一片。

透过楼上的窗口，依稀可见仁增德吉的身影。那轮廓印出一个穿破衬衫戴着绿松石项链的女子，正在收拾茶杯。有人弄洒了茶水，茶杯歪倒在一旁。

雨水此时变成了冰。夏天显然已经过去，秋天来到了。我把一条被红尘浆过的围巾围在脸上，加快脚步，走过古老的鹅卵石街道，直奔茶馆。风吹打着大门。

穿行在两道厚墙之间，要暖和一些。顷刻间，酥油茶香夹杂着藏香扑鼻而来。我上了楼，在她的一张大木桌旁坐下。那些桌子，厚得像寺庙的大门一样。

她在我的对面坐下，“你走了 10 天后，我想你回不来了。”

“这趟行程比我预计的长。但是，瞧，我回来了。”

她笑了，没说什么，擦了一个藏式茶杯，给我倒了一杯酥油茶，茶热乎而味道新鲜。

我一饮而尽，驱赶外面的寒气。

她又给我倒了一杯——驱散了寒冷，温暖了全身。

“找到了吗？”她问。

“找什么？”

“当然是香巴拉呀。你不是去找香巴拉了吗？”

“是，也许找到了，也许还没有。”我结巴道，“实际上，我确实无法肯定。但是我去了，并且回来了，也许我现在大概知道香巴拉在哪里了。”

毫无疑问，我已经回到八角街她的茶馆了。从某种意义上说，这儿是我那趟行程的起点。那不是一趟按照计划直奔某地的行程，而是兜了一整圈儿。

我又一次在想，“革命”这个词，不是另一种用来描述把轮子转 360 度的说法吗？我突然意识到，起程前，仁增德吉把四面八方都指到了，只是没有明说而已，而条条道路都回到了同一个起点上。

“我们为过去所负累，对未来充满恐惧。”她说，带着凄凉的叹息，叹息声消失在藏香的烟雾中，随烟雾缭绕升腾，在天花板上印上了黑色的污渍。她手腕上的银镯子在她斟茶时碰到杯子边儿，发出叮当的声响。接着，她陷入沉思，小心翼翼地把茶杯放回到我面前，小心得像是有些恐惧。“但是，如果我们把注意力都集中于眼下，就不会有负担，也不会有恐惧。现在之后是未来，而未来的结果取决于意向。每个人的意向都从现在开始。”

我原先一直怀疑，但现在确信，仁增德吉在我这趟行程开始前就已经知道了结果。她是有通灵的本事还是仅仅直觉敏锐？我犹豫着没敢问，怀疑她会因为脑子里想着别的事而忘了回答我。实际上，她已经把那些事都忘了，而只顾去记住别的什么事。为了记住，她把其他所有的事情都忘了。

有人会说她这是心不在焉，也许，她实际上无时无刻不在思索，只是不想让人知道而已。也许她是在诵经，也许是一时间被客人点的茶弄昏了头。“酥油茶是这桌儿的，印度马萨拉茶是那桌儿的，对了，藏式甜奶茶是那张桌子的，这个是那边儿那桌儿点的。”

“噢，不，他们没结账就走了。”她沮丧地叫道，但很快就消了气，随他去吧，不介意了。她耸耸肩道，“这种事好像总是发生在我身上。”

“那是呀，你一个劲儿地跟我聊，他们等不及了。”

她并不想听这个，又耸了耸肩。时间并不是她生命的必要部分。她坚信，到她茶馆来喝茶的人可以消磨整个下午或整个晚上，不必受制于日程表或时间。

时间！午夜过后，客人都已离去，她坐在茶馆屋顶上，目不转睛地望着拉萨紫色夜幕上空的宇宙。此时，时间腾

云驾雾，漂浮在布满繁星的夜空。这是最好的时刻，一片寂静。她可以慢慢背诵最喜欢的经文，手指间拨弄着象牙念珠，但从不去留意哪一粒滑过。

我喝着茶，刚刚从茶馆厚土坯墙外的寒冷中暖和过来，仁增德吉再次打断了我的思路，“今天必须到此为止，因为不知道明天会发生什么。”我一路风尘，从那么遥远、寒冷的旅程赶回来，才刚刚开始享受宁静的思考，根本无法理解她的话。“别说话。”她打断了我的思绪，双眉拱起，像是警告我，仿佛桥梁就要坍塌一般。

“为什么？”我问，“你脑子里又在想什么？”

“你想说的话，我已经听见了。”她肯定地说，“你想告诉我的，我也已经知道了。你没说就已经说了，没想就已经想了。正因如此，在你理清思绪之前，我已了解你的感受。如果你试图把思绪表达清楚，思绪就会消失。如果你抓住这个思绪，也会把它忘记。如果你把它写下来，我不会看的。如果你想把它带走，我不能让你走。如果你把它留下，我会让你离开。但如果你待一会儿，我会给你讲一个故事。”

“一个故事？”

“你想听我讲故事吗？只要一会儿。”

“好，那就讲给我听听。”

她打开总放在面前桌上的那个小本子，开始用纤细的手指尖翻动着，手指甲涂染得像六十年代的花孩子一样。她翻到一行字，开始读，眼睛盯着页面上下移动，好像全神贯注的样子。“许多世纪以前，尊者六世达赖喇嘛常常在夜晚溜出布达拉宫。他是一个浪漫的人，喜欢饮酒唱歌。他写出了西藏最美丽的诗歌，至今仍为人们传诵。有一个夜晚，他来到了这个茶馆，就是我们现在所在的茶馆，他开始写诗、吟诵。突然，他瞥见帘子后面有一位美貌的年轻女子。他立刻就被她的美丽迷住了，深信自己见到了白度母菩萨。打那以后，他几乎夜夜到茶馆来，待到很晚也不肯离去，寻找着美人的踪迹，可是那女子再也没有出现过。”仁增德吉叹息着抬起头来。

“后来呢？”

“他迷失在外，再也没有回到布达拉宫，最终死于寻找那位女子。”

“真是一个悲伤的故事，也许就是一场悲剧。”

“也许不是。有时，找到所寻找的不如寻找的过程重要，你觉得呢？”

“我觉得，也许你认为自己就是他所寻找的那位白度母。现在跟我说实话，你是不是一位乔装的菩萨？”

仁增德吉莞尔一笑，但记得没有大笑出来。她表现得像人们想象中的菩萨，但无法确定，除非你曾经遇见过一位。接着，她不慌不忙地再次打开本子，又开始重读那个故事。我觉得这事很蹊跷，因为这已是我第三遍听这个故事了。不过，有时候，有些事情就是需要重复。也许是因为我听得不够认真。她提醒我，我已经穿越了沙漠。

北京版权局著作权合同登记
图字 01-2008-1820 号
Shambhala
by Laurence J. Brahm

This edition is published by New World Press, Beijing, China, under licence from Marshall Cavendish International (Asia) Pte Ltd.
本书全球中文版由马歇尔 · 卡文迪什国际(亚洲)私人有限公司授权出版。

图书在版编目(CIP)数据

香巴拉之路／(美)龙安志(Brahm,L.J.)著;孟黎莎译
北京:新世界出版社,2008. 4
ISBN 978-7-80228-589-7

I. 香… Ⅱ. ①龙…②孟… Ⅲ. 游记－作品集－美国－现代
Ⅳ .I712.65

中国版本图书馆 CIP 数据核字(2008)第 049064 号

香巴拉之路

作　　者:龙安志
摄　　影:窦　炎　冀晓明　龙安志
策　　划:黄友义　张海鸥
翻　　译:孟黎莎
校　　译:孙　晶
责任编辑:李淑娟　孙　晶
中文审定:周奎杰
责任校对:周　易
封面设计:贺玉婷
版式设计:清鑫工作室
责任印制:李一鸣　黄厚清
出版发行:新世界出版社
社　　址:北京市西城区百万庄路 24 号(100037)
总编室电话:+ 86 10 6899 5424　68326679(传真)
发行部电话:+ 86 10 6899 5968　68998705(传真)
本社中文网址:hhttp://www.nwp.cn
本社英文网址:hhttp://www.newworld-press.com
本社电子信箱:nwpcn@public.bta.net.cn
版权部电子信箱:frank@nwp.com.cn
版权部电话:+ 86 10 6899 6306
印刷:北京外文印刷厂
经销:新华书店
开本:880 × 1230　1/32
字数:69 千字　印张:6.25
版次:2008 年 6 月第 1 版　2008 年 6 月北京第 1 次印刷
书号:ISBN 978-7-80228-589-7
定价:29.80 元
